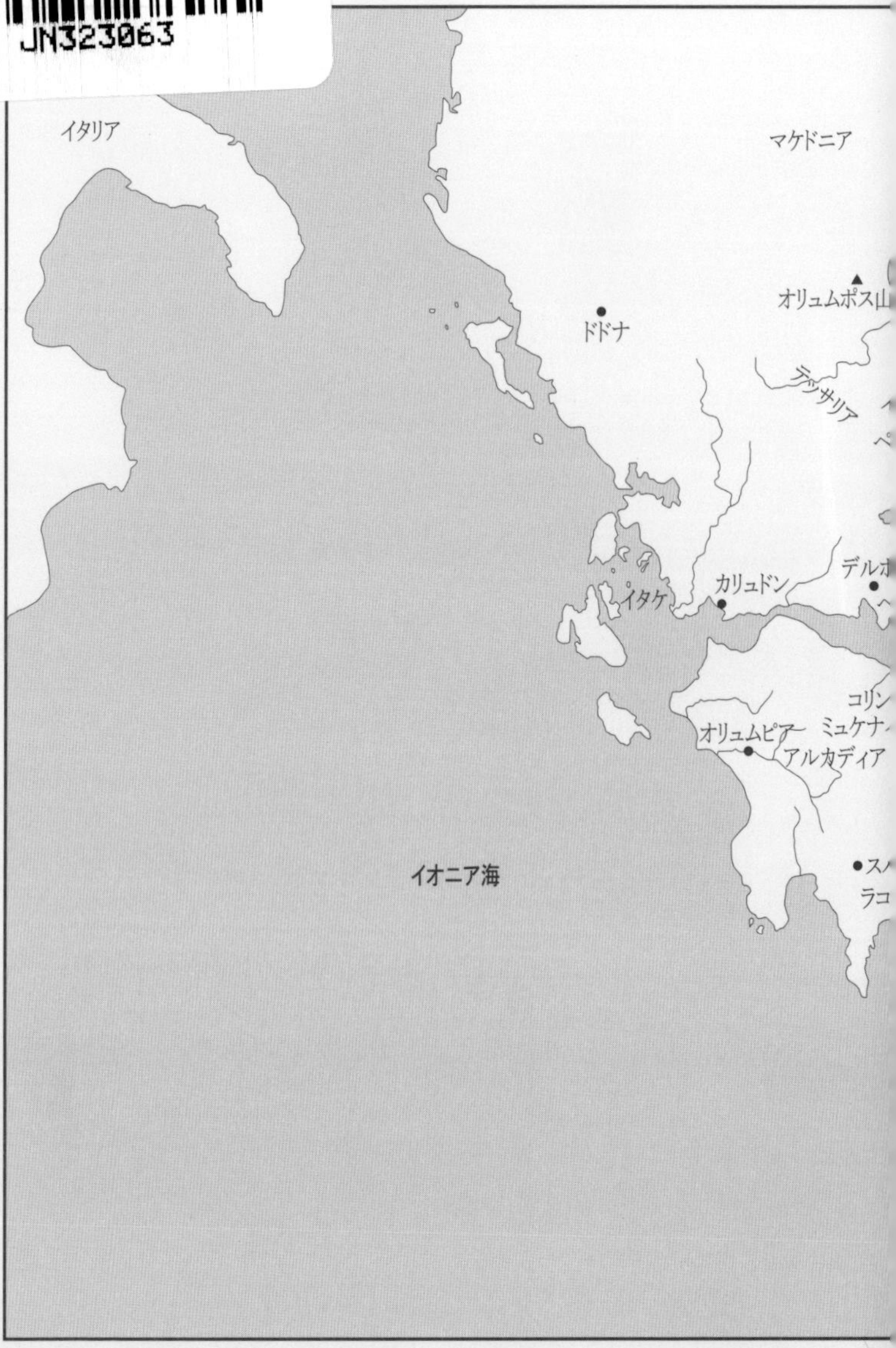
イタリア
マケドニア
オリュムポス山
ドドナ
テッサリア
カリュドン
イタケ
ミュケナ
オリュムピア
アルカディア
イオニア海

ギリシア悲劇ノート

丹下和彦

白水社

ギリシア悲劇ノート

目次

装丁　森デザイン室

アテナイのディオニュソス劇場跡

プロローグ

現代ではギリシア悲劇の受容は専らシナリオ（その校訂されたテクスト）を読むことによってなされる。もちろん劇作品だから劇場で上演されたものを観賞することもあるが、上演の環境も状況も当時とそっくりそのままを期待することは不可能である。ただシナリオを読むことによる受容は、当時でも格別珍しいことではなかった。前五世紀の喜劇詩人アリストパネスの『蛙』（前四〇五年上演）には、登場人物のディオニュソス神がエウリピデスの『アンドロメダ』（前四一二年上演。断片で残存）のシナリオを読んでいたく感激する場面が出てくる。これは、悲劇作品をそのシナリオを読むことによって受容することが、いわば日常茶飯に行われていたことを示すものだろう。当時にも見ることによる受容と同時に、読むことによる受容もあったのである。

ただ当時と現代とで違う点は、現代では読むことによる受容に偏してしまっていることである。おそらくこのことがかなりの程度影響していると思われるのだが、どうもわたしたちは作品がまず上演のために書かれたということを、つい忘れがち、なおざりにしがちなのではあるまいか。当時のままに再上演できない状況下ではいたし方のないこととはじゅうぶん承知の上で言うのだが、シナリオはあくまでシナリオで、元来それは劇場という空間で俳優たちによって上演されることを前提として書かれたものだということは、やはり銘記されてしかるべきことだろう。シナリオを読んで受容する場合でも、このことを弁えた上での受容であることが重要である。

シナリオを文学的に読み込むことは決して意味のないことではない。これまでもそうすることによって、わたしたちは前五世紀のアテナイ人たちの精神世界を理解しようとしてきたのである。それがしかしあまりにも極端に過ぎ、時に独善的な読み方に陥ることもなかったとは言えない。作者が意図していないことまでもそれらしく言い募る例が無きにしも非ず、といった状況もあったのである。一度作者の手を離れてしまった芸術作品の受容には往々にして起こりがちなことで、それはまたそれで無意味な行為と言い切ることもできないのだが、あまりに先鋭で細かい文献学的操作に陥り、議論が錯綜し迷走した場合には、一度原点に立ち返り、劇場の観覧席に身を置いてみるつもりになるのも必要なことだろう。O・タプリンの『ギリシア悲劇を上演する』（岩谷智・太田耕人訳、リブロポート、一九九一年。原本は O.Taplin, *Greek Tragedy in Action*, London, 1978）は、そういう意図でギリシア悲劇を書斎からもう一度劇場に戻して考えようとした一本である。テクストを読み疲れた目には新鮮で、興味深く、また刺激に満ちた一書である。わたしも一読目が開かれる思いがした。

そこでというわけでもないが、わたしもわたしなりに考えた一本をここに用意した。しかしわたしは本書において第二のタプリンたらんと欲しているわけではない。わたしは身の程を弁えている。学識の深さ、発想の鋭さにおいて、とうていかの人には及ぶべくもない。ここでわたしが意図したのは、これまで人並みに励んできたシナリオの読み込みにいささか疲れ——そう言って語弊があるなら、限界を感じて一時休止し、仕事の周辺を遊覧してみたいということだった。もう少し具体的に言えば、いろいろな意味で本文では扱えそうにないこと、本文に書き込めそうにないこと、あるいは書き尽くせなかったこと、本来は欄外で処理するほうがよいことなどを取り混ぜて、わたしなりに整理しておきたいということである。言ってみれば一階正面席ではなく、天井桟敷に陣取って岡目八目を決め込み、時には野次の一つも飛ばしてみたいということである。

シナリオを読み込むことによって前五世紀のアテナイ人の精神の位相を探る作業は、もちろん大切である（この点に関しては、拙著『ギリシア悲劇』（中公新書、二〇〇八年）をお読みいただければありがたい）が、同じくシナリオを読みながらではあるけれども、作劇と上演を時代に即した一つの文化現象として捉えてゆけば、これまでとは違った側面が見えてこよう。それを記しておきたかったのである。そのほうが小難しげな理論をまぶした作品解釈よりも、ギリシア悲劇の紹介としてはあるいはずっと効果的なのではあるまいか。ただし本書がその目的を意図どおりに果たしているかどうかは、読者諸賢の判定に委ねるほかない。

第一章　素材の競合と独自性

アルゴスの野

一・三大作家の競作

ギリシア悲劇は、そのほとんどすべてが作品の素材を古い神話伝承に求めている（例外は、現存作品ではアイスキュロスの『ペルシア人』である。これは前四八〇年のペルシア軍のギリシア侵攻という歴史事件を扱っている）。したがって劇場に集まった観衆には、上演される劇の粗筋、背景の物語は先刻承知のことだった。そうした観衆を相手にする劇作家はこの万民承知の話をどうアレンジするか、そしてそこに自分の解釈をどう盛り込むか、それが腕の見せ所となる。ギリシア悲劇の上演は競演会形式で行われたが、年によっては競演するライヴァルたちと素材が競合し、文字通りの競演になることも、当然あった。

たとえば、あのトロイア戦争にギリシア軍の総大将として出征したミュケナイ王アガメムノン一家にまつわる物語がそうである。いまギリシアを旅行すると、必ずと言ってよいほどミュケナイ（アルゴス地方の首邑）の王城跡は観光のルートに組み込まれている。アテネをバスで発って西行し、コリントスの地峡を越え、ペロポネソス半島に入ると、まもなくミュケナイの地に至る。そこの小高い丘の上に、いまから三二〇〇年ほども昔に栄えたアガメムノン王の城趾がある。いまに残る目ぼしい建造物は玄関の獅子門くらいだが、かつてかのドイツの古典考古学者シュリーマンは、ここを発掘して数多の宝物を発見した。それらは今、アテネの国立考古博物館に収納され、展示されている。その中には遥かトロイアの地から持ち帰られた品も、あるいは含まれているかもしれない。

この地に覇を唱えたアガメムノン一族には血塗られた争いの物語が伝えられている。この一族はゼウスの子タンタロスを始祖とする由緒ある一族であるが、アガメムノンの父アトレウスの代に一族内に血なまぐさい権力闘争が起きた。アトレウスとその兄弟テュエステスが一族の覇権争いを始めたのである。初めテュエステスは、アトレウスが所持していた黄金の仔羊の皮をアトレウスの妻と密通してこっそり手に入れた上で、その所有者こそ王位に就くべきと提案し、それが盗まれたことを知らぬアトレウスの同意を得る。しかしこれは神の許すところとならず、王位はアトレウスのものとなる。そしてそのあと妻の密通を知ったアトレウスは、復讐のため和解を装ってテュエステスを宴に招待し、テュエステスの子を殺して煮たものをテュエステスの食膳に供した上で、国外追放に処す。テュエステスは娘と通じて一子アイギストスを得る。アイギストスは成人後ミュケナイへ戻り、アトレウスの子アガメムノンの妻クリュタイメストラと密通し、二人協力して戦地トロイアから凱旋して来たアガメムノンを謀殺する。アガメムノンの遺児オレステスは、これまた成人後亡命先から帰国し、姉のエレクトラと協力してアイギストスと母親のクリュタイメストラを殺す……。まことに血なまぐさい殺戮と、そして姦通の物語である。

この物語を題材にして、アイスキュロス、ソポクレス、エウリピデスという三大悲劇作家が競作をした。アイスキュロスは別にして、後輩のソポクレスとエウリピデスは先輩のアイスキュロスの作品を意識していたようである。またほぼ同年輩のソポクレスとエウリピデスの二人も、互いに意識しながらこれを作品化したようである。こうした競合関係は、素材が限定されているだけに、他の作家、他の物語の場合でもしばしば起こりがちであったと想定されるが、現存作品ではこの例が唯一のものである。

さてそれではこの物語を素材にして三人の作家はそれをどう作品化したか、それぞれの扱いを考察してみよう。

二．アイスキュロスの場合

アイスキュロスはこの伝説物語をどのように劇化したか。彼はこれを三部作形式にして大々的に描いた。『オレステイア（オレステス物語）』（前四五八年上演）と通称される。第一作『アガメムノン』では妻クリュタイメストラ（とその愛人アイギストス）による夫アガメムノン殺害を、第二作『供養する女たち（コエポロイ）』ではアガメムノンの遺児オレステスとその姉エレクトラによる母親クリュタイメストラ（およびその愛人アイギストス）殺害、そして第三作『慈しみの女神たち（エウメニデス）』ではオレステスの母親殺しの罪の裁判の模様が描かれる。それぞれを一言で言えば、暗殺、復讐、そして罪の裁きのドラマということになろう。そしてこれら三作品を貫く三部作全体のテーマ、すなわちアイスキュロスがこの物語を三部作形式で描こうとしたそもそもの意図、それはギリシア市民社会における法の正義の確立ということであったと見てよい。

ギリシア人も古い氏族社会の時代には力の正義に支配されていた。そして氏族社会は家父長制であった。家の中心的存在である家長が殺されれば、跡継ぎの嫡男が殺害者を倒して家を守らなければならない。アイギストスが父テュエステスの敵討ちのためにアガメムノンを殺すのは、氏族社会を律する力の正義に則れば正しいことになる。そして父アガメムノンを殺されたオレステスがアイギストスとクリュタイメストラを殺し返すことも、また正しい。

アイギストスは言う。

あの惨めな父親の第三子に当たるわたしは
むつきにくるまれたまま都落ちを余儀なくさせられたが、
正義が、成長したわたしをふたたび連れ戻してくれたのだ。

（『アガメムノン』一六〇五―一六〇七行）

オレステスも復讐に取りかかる前に、こう言う。

敵意と敵意が、正義と正義がぶつかるのだ。

（『供養する女たち』四六一行）

だがオレステスには、アイギストスはともかく、クリュタイメストラを殺すことには躊躇と逡巡がある。父親の敵《かたき》だとはいいえ、母親だからである。

ピュラデスよ、どうしたものだろうか。母親を手にかけるのは心すべきことではあるまいか。
（『供養する女たち』八九九行）

母親殺しは果たして正義か。ここに新たな問題が出来《しゅったい》する。オレステスは母親を殺したあと復讐女神エリニュスに取り憑かれ、ギリシア中を追い回される。

母親の恨みを含んだ犬どもがはっきり見える。
（『供養する女たち』一〇五四行）

これは、良心の呵責に苛まれるオレステスの心中を寓意的に描き出したものに他ならない。最後オレステスはアテナ女神が主催する法廷で裁判にかけられ、最終的に無罪放免が決定する。

伝承では、オレステスの母親殺しは所与の事実だった。作者アイスキュロスはこのオレステスの母親殺しに焦点を合わせて、すなわち復讐の連鎖の中で復讐の相手が偶然母親となった時点を捉えて、従来の力の正義に拠るだけでは律しきれない状況を、力の正義に代わる法の正義を導入することによって解決しようとしたのである。力の正義は復讐の応酬を、果てしない復讐の連鎖を呼ぶ。この連鎖はどこかで断ち切られる必要がある。罪は当事者同士の力の応酬によって解決されるのではなく、法という第三者の機関によって解決されなければならない。そうでないと共同体全体に安定した秩序が保てないからである。

〈法〉は、自由、知、徳といった概念と並んで、ギリシア人の民族的特質を表徴する重要な伝統的価値観である。のちにプラトンはその対話篇『プロタゴラス』で、法の下に生活するギリシア人の最劣等な輩といえども、法を知らぬ異邦人の最優秀な人間になお勝るとまで書いているほどである。しかしそのギリシア人とて一朝一夕に法治国家を形成したわけではない。自らの内に潜む未開性と戦いつつ、これを克服することによって、法の正義の下に存立する市民社会を築き上げたのである。アイスキュロスが『アガメムノン』、『供養する女たち』、『慈しみの女神たち』の三作を通じて描いたのは、まさにこの法の正義の確立過程だった。

さてそれでは後輩の二詩人、ソポクレスとエウリピデスはこの物語をどう劇化して描いたのだろうか。

三．ソポクレスの場合

ソポクレスはアイスキュロスのように三部作形式をとらなかった。同じ伝承を素材にしながら、その一部分を一作品で描いた。すなわちアガメムノンの遺児オレステスとエレクトラが協力して母親クリュタイメストラとその愛人アイギストスを殺害し、父親の敵討ちをする件である。作品名は『エレクトラ』となっている。ソポクレスの『エレクトラ』は、正確な年代は不明であるが、前四一三年前後の上演と推定されている。両者間にはほぼ四〇年余の時間差がある。それだけの時間を置いて、ソポクレスはこの物語をもう一度取り上げた。もちろんアイスキュロスの作品の存在をじゅうぶん承知の上でのことである。その意図は何だったろうか。同じ素材を用いて、彼は何を言うつもりだったのだろうか。素材を母親殺しの部分だけに限定したことにすでにその意図は見えていると言ってよいが、それは果たして何だろうか。

劇は他国ポキスに亡命していたオレステスが、父親の敵討ちのためにミュケナイへ帰国したところから始まる。姉のエレクトラは父親の死後も王宮内に残り、ミュケナイの実権を握った母親クリュタイメストラとその愛人アイギストスとの下で婢女《はしため》同然の扱いを受けている。母娘の関係は険悪である。娘はいつかは父親の敵討ちをしたいと念じ、母親のほうはいつまでも父親を慕い続ける娘を疎ましく思っている。いま一人クリュソテミスというエレクトラの妹が登場する。彼女は姉と違って大勢順応派で、死んで久しい父親の敵討ちなどもってのほか、現在の権力者アイギストスとクリュタイメストラの下で日々の安穏な生活を享受することに満足している。エレクトラはこの妹の態度にも我慢がならない。

クリュソテミス　指図なんかしてません。ただ力のある者には譲ったほうがいいと申し上げているの。

エレクトラ　あなたはそうやってお追従をしてなさい。でもわたしまで一緒にしないでいただきたいわ。

（三九六—三九七行）

という遣り取りが二人の関係をよく表している。

妹クリュソテミスに援助を断られたエレクトラは孤立無縁状態になる。だがそこに姿を現したオレステスとの再会と再認（互いに姉弟であることの認知。ギリシア悲劇の用語でアナグノリシスと言う）によって、母クリュタイメストラへの復讐は一挙に具体化する。オレステスは亡命地から連れだって来た親友ピュラデスと昔から忠実な自分の守役の老人との三人で王宮に押し入り、まず母親クリュタイメストラを血祭りに上げ、次いで出先から帰って来たアイギストスも死の裁きを受けさせるために舞台から連れ去るところで劇は終わる。

さてここで、作者ソポクレスが意識したにちがいない先輩アイスキュロスの先行作品（『オレステイア』三部作の第二作目『供養する女たち』）との相違点を挙げてみよう。

その題名『エレクトラ』から推測されるように、劇は父アガメムノンの復讐という筋道を辿りながら、復讐の実行者オレステスよりも姉のエレクトラの存在のほうをクローズアップさせている。それも、彼女と母親クリュタイメストラとの女性同士の生き方の対比という仕方でである。要約すれば、恥ずかしく生きるか立派に死ぬか、ということである。アイスキュロスが描いたクリュタイメストラも強い女性だった。夫を殺したあともそれをてんとして恥じることなく、「正義の行為」と嘯《うそぶ》いたのである。

この右手のなした仕事、
正義の匠《たくみ》の業。

（『アガメムノン』一四〇五―一四〇六行）

ソポクレスが描いたクリュタイメストラも負けていない。

わたしがこの手にかけました。
よくわかっています。そのことを否定しようというのではありません。
これはわたし一人の力じゃない、正義の神さまも与《あずか》ってのことなのですからね。

（『エレクトラ』五二六―五二八行）

ソポクレスのクリュタイメストラも恥知らずで強い女性である点は、変わらない。ただその強さは、アイスキュロスのおどろおどろしい、「黄泉の世界の女祭司」と評されるような強さと違って現世的な絶対権力者としての強さである。こうしたクリュタイメストラに対して、娘エレクトラは妹クリュソテミスのような権力者への迎合を拒否し、父親アガメムノンへの愛と義に生きようとする姿を見せる。

いいえ、わたしはこののちもうあんな人たちとは同じ家に住まない。
この門のところに倒れて、
誰にかまってもらうでもなく命を涸らしていくつもり。

（八一七—八一九行）

と彼女は言う。館の玄関の扉一枚を隔てて分かれる内と外の世界は、それぞれ支配者と非支配者のそれであり、また恥ずかしく生きる者と立派に死ぬ者との世界である。エレクトラも母親に劣らぬ強い女性である。両者の今の立場はそれぞれ夫を謀殺した妻、父を殺された娘であるが、いずれも強い女性に変わりはない。夫殺しにはそれなりの理由がある。しかし娘はそれを理解しようとしない。両者とも決して歩み寄ろうとはしない。それぞれ強烈な信念に生きているからである。

エレクトラは、母親クリュタイメストラが夫殺しの主因とするイピゲネイア（エレクトラの姉。トロイアへ向かうギリシア軍が順風を得るため、アウリスの港で人身御供にされた）の犠牲に関しては、こう反論する。

ギリシア軍にとって
トロイアに向かうにも、故国へ帰るにも、そうする以外に途がなかったからなのです。
それがためお父様はたいそう追いつめられ、ずいぶんと抗《あらが》いもされたあげくに、
お姉様を犠牲になさったというわけ。

（五七三—五七六行）

そして夫殺しには、こう決めつける。

何も正当な理由などあるわけがない。いま一緒に暮らしている
あの悪漢の言いなりに引きずられてやったこと。

（五六一―五六二行）

ソポクレスはこの伝承の物語を人間のあり方という観点から捉えた。そう言えるように思われる。いま一つ両作品に明確な相違点がある。姉弟が再会し、互いに姉弟であることを確認する場である。アイスキュロスでは、父アガメムノンの墓前に供えられたオレステスの頭髪が自分のものと一致すること、またそこに残された足跡が自分の足跡に一致すること、さらにオレステスがいま着ている衣服が、昔亡命するときに着せてやったエレクトラ手織りの衣であるという三点を挙げて、オレステスが弟であることの証拠であるとしている（これはいずれも不合理だとして、のちにエウリピデスから批判を受ける）。ソポクレスではオレステスが肌身離さず持っていた父アガメムノン譲りの印章が再認の決め手になる。おそらくソポクレスもアイスキュロス流の再認はいかにも稚拙かつ不自然と思われ、改良を試みたのだろう。

さらにもう一点、アイスキュロスと異なる点がある。復讐とその後の事態の扱いである。アイスキュロスでは、母親を殺害し復讐を成就したオレステスは、そのあと母親の死を怒る復讐の女神エリニュスの追求を受け、狂乱状態に陥る。目の前に母親の恨みの犬どもが幻影となって跳梁する。現代

風に解釈すれば、これは母親殺しの罪に怯えるオレステスの良心の呵責の寓意的表現ということだろう。

一方ソポクレスではどうか。ソポクレスが描いたオレステスは、またエレクトラも、こうした良心の呵責は一切見せない。劇はクリュタイメストラを殺害しアイギストスを死へと追い立てて行くところ、すなわち復讐がほぼ成就した時点で幕を下ろしている。母親を殺した罪の意識は一切不問に付されている。それが問題になる以前に劇を終わらせているのである。ソポクレスは復讐行為だけを描いた。復讐する側とされる側のそれぞれの人間のありかた、言い換えれば惨劇に彩られた人間の生の集積を対比的に描いた、と言ってよい。

最後にどうしても付言しておかなければならないことが一つ残っている。「夢」の話である。アイスキュロスのクリュタイメストラは一夜、蛇を産んだ夢を見る。その蛇に乳首を含ませると、咬まれて乳首から血が流れ出した、というものである。この夢のエピソードはソポクレスによっても踏襲される。この場合は、クリュタイメストラの夢に現れたアガメムノンが王杖を炉端に突き刺すと、そこから若葉が繁ってミュケナイ全土を覆ったというものである。いずれも復讐者オレステスの帰還を恐れる母クリュタイメストラの心の奥の思いの表出と見てよい。ただ同じ恐怖でも、未開の混沌としたものと合理化されたクールなそれとの違いであると言えようか（ソポクレスのクリュタイメストラは凶夢をただ恐れるだけではない。「悪夢ならば、逆に敵どもへ向かわせたまえ」（六四七行）と言い放つだけの強さをも併せ持っている）。もちろんここには「黄泉の世界の女祭司」と、「現世的な絶対権力者」というそれぞれのクリュタイメストラ像も大いに関係している。

四．エウリピデスの場合

それではエウリピデスの場合はどうだろうか。エウリピデスもソポクレス同様に、『エレクトラ』という題名で復讐、すなわちエレクトラ、オレステス姉弟による母親（とその愛人アイギストス）殺害事件のみを劇化した。そしてエウリピデスはこの伝承にソポクレスよりもさらに大胆な改変を試みた。まず劇の舞台をミュケナイの故アガメムノンの王宮から国境に近い農村の田舎家に移した。そこでは王女エレクトラが若い農夫と貧乏生活を送っている。アイギストスに殺されかけたエレクトラは母親クリュタイメストラの取り成しでなんとか命拾いしたものの、将来敵となるような強い跡継ぎが生まれないようにと、名も無き一般の庶民と結婚させられたのである。話はにわかに浮き世じみてくる。そこへ成人した弟オレステスが父の復讐のために帰国し、姉弟の再会が成る。復讐が始まる。エレクトラは赤子が生まれたと偽り、その祝いの行事を手伝ってほしいと母親を呼び出し、田舎家に誘い込んだところをオレステスが殺害する（アイギストスはその前にすでに血祭りに上げられている）。

先輩二詩人と違って、劇の場を地方の田舎家に設定した意味は何だろうか。父親アガメムノンの恨みが籠もる王宮を離れることで、この伝承の中で重要な意味を持っていたアガメムノン殺害事件が劇の中でその影を薄くすることになる。エレクトラは父親への愛、信義から母親と対立し、これを殺す。アイスキュロス、ソポクレスが描いたエレクトラはそうだった。しかしエウリピデスでは、その愛や信義の念が皆無ではないにしても、ほとんど影を潜め、逆に貧乏世帯の生活苦からくる母親への嫉妬と憎悪が前面に出され、彼女を母親殺しへと走らせる。そういう設定になっている。国境に近い辺鄙《へんぴ》な地方の田舎家と首都の王宮との物理的距離が、亡き父親を思う気持ちを薄れさせるのである。あるいはこの物理的距離が父親の死が持つ力、その呪縛から彼女を解放するのだ、と言ってもよい。彼女において、復讐の大義は日常生活の中に埋没するのである。劇中ではクリュタイメストラの豪華絢爛の衣装とエレクトラの手織りの粗末な衣服とが対照的に描かれていて、その母親殺しの一因が衣服という日常的次元に発するものであることが鮮やかに示されている。

クリュタイメストラも変貌する。彼女はもはや「黄泉の世界の女祭司」でもなければ、「現世的絶対権力者」でもない。ここではクリュタイメストラはこれまで見せなかった普通の母親としての顔を見せる。彼女はアイギストスがエレクトラを殺そうとしたのを阻止した。母親としての情において忍びなかったからである。また市民らからの白い目（夫殺しに対する）に気兼ねして、アイギストスが野のニンフ（妖精）の祭りに外出するのに同道することを控えるようなこともしている。そして娘エレクトラに頼まれれば、赤子の世話をするためにはるばる都の王宮から地方の田舎家までのこのこ出向いて来るのである。

夫アガメムノン殺しについては、先輩二詩人のように殺害を「正義の行為だった」と正当化することはしない。「わたしは大喜びしている」（『アガメムノン』一三九四行）というアイスキュロスの場合、あるいは「わたしは自分のしたことをちっとも悔やんだりなんかしていない」（『エレクトラ』五四九―五五〇行）というソポクレスの場合とはまったく異なって、エウリピデスのクリュタイメストラはこう言う。

わたしだって、ねえおまえ、したことを何もそう大喜びしているわけではないのだもの

（一一〇九行）

夫殺しの理由としては、ふつう①トロイア戦争遂行のための娘イピゲネイアの生贄強行、②トロイアからアガメムノンがカッサンドラを側女《そばめ》として連れ帰って来たこと、③自らのアイギストスとの不倫の隠蔽のため、という三つの理由が挙げられる。アイスキュロス、ソポクレスではそうなっている。しかしエウリピデスではそれに加えて、いやそれよりももっと強い理由として、中年女性の生理（性欲）を挙げる。彼女は娘エレクトラから不倫行為を非難されると、こう弁明する。

女の操は脆《もろ》いもの、それを否定はしません。

（一〇三五行）

これは右の③と関連するが、隠蔽ではない。自らの不倫の認知と開き直りである。これはいかにも人間臭い理由である。ここに至ってアガメムノン一家の不幸の源泉となった夫殺しの動機は、性欲という極めて卑俗な、また極めて人間的な地平へと置き換えられてしまうのである。

こうしたクリュタイメストラを相手にすれば、復讐者たち（オレステス、エレクトラ）も必然的に変わらざるを得ない。敵が敵とならない。敵意は萎えて空転しそうになる。クリュタイメストラを最

後に殺しはするが、もはやオレステスもエレクトラも快哉を叫ぶことはできない。エレクトラの口をついて出てくるのは後悔の愚痴である。

……わたしに罪がある。
悲しいことに、わたしは生みの母親に対して
憎悪の火を燃やしてきたのだ。
（一一八二―一一八四行）

というのがそれである。また、

ほら、愛しもし憎みもするこの人（の骸《むくろ》）に、
わたしたちは衣を掛けるのだわ。
（一二三〇―一二三一行）

と、愛憎相半ばする気持ちを吐露する。伝説のおどろおどろしい復讐譚は、かくして敵味方ともに傷つく人間的悲哀の劇へとその姿を変えるのである。

本篇で興味深いのは、姉エレクトラと弟オレステスが互いに姉弟であることを認知する場面である。すでにアイスキュロスもソポクレスもこの姉弟の認知の場面を劇中に描き込んでいたことは、先

述のとおりである。アイスキュロスは、姉弟の毛髪の一致と足型の一致、および姉の手織りの衣をいまだ着用しているという三点をもって姉弟関係の証拠とした（これは考えてみれば荒唐無稽の理由付けであるが、うっかりすると信じてしまいそうなところがあるのがおかしい）。ソポクレスでは父アガメムノン遺愛の印章をオレステスが所持していたことをもって、エレクトラは彼を弟と認めた。さて、エウリピデスではどうか。エウリピデスは、おそらく先輩アイスキュロスを意識してのことであろう、劇中で老召使が言う父親の墓へのオレステスのお供えの髪の毛とエレクトラの髪の毛との一致、また墓の前に残されたオレステスの足跡とエレクトラの足跡との一致、さらにオレステス亡命時の衣と今のオレステスの衣服の一致という理由付けを、不自然かつ不合理なものとしてエレクトラに非難させ、排除させている。

その巻毛がどうしてわたしのと一致するのです。
一方は素姓正しい男の髪ですから格闘技に向くように短く刈ってありますし、
他方は女の髪ですから梳けるほどに長くしてありましょう。いえ、一致するのは不可能です。
（五二七―五二九行）

もし足形がついても
わたしたちは男と女ですから、二人の足形が同じはずはないでしょう。
男の足のほうが大きいはずだわ。

それにもしわたしが着物を織ってやったとしても、
あの時子供だった者が、今でもその同じ着物を着ているなんてことがどうしてあり得るの。
着物も身体の成長につれて一緒に大きくなるというなら別だけど。

（五三五―五三七行）

（五四一―五四四行）

そしてその上で、オレステスが幼時に負った眉間の傷痕をエレクトラに認めさせることで姉弟の再認を実現させる。これはソポクレスの場合と同様、現実的かつ合理的な理由付けである。ただアイスキュロス流の認知方法を批判の対象としてわざわざ劇中に持ち出して言及しているところに、先輩に対抗して同一素材を使いながら新たな手法で別の物語を描こうとする気概の一端が現れているようにも思われて、興味深い。

クリュタイメストラが凶夢を見る場面は、本篇にはない。エウリピデスはこれを不要とした。これは劇の場を王宮から離れた国境の地に設定したこととも関連している。アガメムノンの亡霊は、クリュタイメストラに、そしてエレクトラにもすでに疎遠となっているのである。

◇　◇　◇

以上、三人の劇作家が同一の素材を用いて競作した例を瞥見《べっけん》した。アイスキュロスは別として、後輩のソポクレス、エウリピデスは、先行のアイスキュロスの作品を意識した上でそれぞれ自作を書いたに違いない。姉弟再認場面がその証拠である。後輩の二人は、これまた互いに意識しあいつつ競作したのだろう。その上演年代はほぼ同じ頃（前四一三年前後）である。ただどちらが先か、二人の作品の先後までは判明していない。読み比べても、いずれが先とも後とも言い得ない。ただエウリピデスの作品が示す劇の場の大胆な改変は、競合三作品の最後に位置するのが自然と思わせる。しかしまた姉弟再認場面での意図的な、また積極的なアイスキュロス批判ととれる筆致は、執筆時の彼の視野にはアイスキュロスの作品だけしかなかったようにも思える（ソポクレスが示した再認場面には何らの言及もない）。先に触れたように、複数の劇詩人が競作する例は数多くあった（はずである）。素材が共通し、限定されていたからである。しかし競作の例として現存するのは、これまで述べてきたアガメムノン一族の惨劇に取材した三作品のみである。このほかにも、たとえばソポクレスの『オイディプス王』にも競合作品があった。アイスキュロス『オイディプス』、エウリピデスの『オイディプス』である。しかしこの二作品は、ごく僅かの断片以外に残存しない（前者は皆無）。面白い素材であるのに残念なことである。アイスキュロス『オレステイア』三部作、ソポクレスおよびエウリピデスの『エレクトラ』は、したがって貴重な例ということになる。わたしたちはこの貴重な三人の作品を読み比べることによって、作家それぞれの意気込み、その息づかいまで感知できるのではないか。それは個々の劇詩人の作風と、その違いを窺《うかが》い知るに至ることになろうし、またそれは前五世紀アテナイにおける悲劇を通じて示された精神活動の多様性を認識することにもつながるだろうと思われる。

第二章　合唱隊は俳優か

手をつないで歌い踊る女性たち

一・アリストテレス曰く

合唱隊（コロス）は、近代劇にはないギリシア悲劇に固有の構成要素である。通常十五人から成り、劇の初めに劇場に入場してきてからは舞台前方の一段低い平土間（オルケストラと称する）に位置し、幕間に短い歌舞を提供する役割を担っている。そのリーダーは時に応じて舞台上の俳優たちとせりふを交わすこともある。近代劇に慣れたわたしたちにはいささか奇異な存在だと言えるかもしれないが、そもそもギリシア悲劇はオペラかオペレッタのようなもの——全篇が韻を踏んだ詩行で構成されており、舞台上の俳優もせりふを喋るというよりは朗唱すると言ったほうが当たっている——だから、そうなると合唱隊がいても不思議ではないことになる。またギリシア悲劇の淵源は、ディオニュソス神にまつわる讃歌（ディテュランボスと称する）に源を発するとする大方の説を踏襲するとすれば、ギリシア悲劇にはとにかく歌唱的要素は濃かったわけで、合唱隊の存在もむべなるかなということになる。いずれにせよ合唱隊なるものが存在した。

この合唱隊の存在をことさらに重視して、それは俳優の一人と見なすべきだとまで言った人がいる。アリストテレスである。高名な哲学者であるアリストテレスは前四世紀の人である（前三八四—三二二年）。その彼が、ギリシア悲劇を論じた『詩学』というエッセイを書いた。ギリシア悲劇の全盛期は前五世紀の約百年間で、現存する三十三篇の作品もすべてこの時期に書かれ、上演されたものである。アイスキュロス、ソポクレス、エウリピデスの作品を、彼は劇場で実際に見たわけではない

（前四世紀には有名作品の再演が許されたから、それを見た可能性はある）。しかしシナリオを読むことはできたはずである。いずれにせよ生のギリシア悲劇の間近にいた人であり、その『詩学』は臨場感あふれる演劇論であると言うことができる。そのギリシア悲劇に関する最古の演劇論の中で、アリストテレスは合唱隊（コロス）は俳優の一人と見なすべきだと言っているのである。

コロスもまた、俳優の一人とみなさなければならない。それは、全体の一部分として上演に加わらなければならない。――エウリーピデースにおいてよりもソポクレースにおいて見られるように。

（『詩学』一四五六ａ二五以下、松本仁助・岡道男訳、『アリストテレース　詩学・ホラーティウス　詩論』岩波文庫）

これはどういうことだろうか。俳優は舞台に、合唱隊は一段下の平土間オルケストラに、と立つ場所も違っている。俳優は劇の筋を担う重要な存在であるが、合唱隊はその筋道の途中で、つまり幕間にいわば幕代わりの短い歌舞を提供するのが、その主な役割である。それ以外にも、合唱隊の長が合唱隊の意志を代表するかたちで舞台上の俳優のせりふに絡むことはある。それを重視すれば、俳優的な働きをすると言えないこともない。たしかに「それは全体の一部分として上演に加わ」っているからである（もちろんオルケストラでの幕間の歌舞も劇の「全体の一部」であり、それはそれで「上演に加わ」ることにはなっているのだが）。そしてこれの補足説明として、アリストテレスは合唱隊の劇との関わり具合がエウリピデス風ではなくソポクレス風でなければならぬと言う。

一般にエウリピデスの作品の合唱隊は、劇の筋道とあまり関係しない歌をうたうことが多い。しかもこの傾向は時代が下がるにつれて強くなる。それは幕間音楽的様相を見せるようになるのである。アリストテレスはこうした傾向をよく観察していたと言うべきだろう。幕間音楽も大雑把に言えば劇の構成要素の一つであるから、「全体の一部分として上演に加わ」っていると言えないこともないが、劇の内容や筋道にはコミットすることは少ないから、厳密に言えば、劇の上演には加わってはいないことになる。『詩学』の注釈を書いたD・W・ルーカスはこの問題の箇所を以下のように注釈している。すなわちエウリピデスの合唱隊も、初演の頃はソポクレスのそれと大差ない。しかし最後の十年間を見ると、その存在は劇中で薄れている。たとえば『タウリケのイピゲネイア』の合唱隊がそうであり、また『バッコスの信女』の場合でも、主人公のディオニュソス（若い教団長に変装している）の親衛隊として強烈な信仰心を見せる信女たちの合唱隊も、劇中では他の登場人物の注意をほとんど引かない存在であると。

二・『オイディプス王』の合唱隊

ところで現代のある研究者（I・エランドネア）は、このアリストテレスの章句を読み解いて、アリストテレスが言う合唱隊俳優論というのは、つまりは合唱隊に一箇の人格を賦与することに他ならないとした。その代表例の一つとして、彼エランドネアはソポクレスの『オイディプス王』の合唱隊を挙げる。

劇の半ば（第二エペイソディオン。近代劇風に言えば第二場）、オイディプス王は誤解から、片腕と頼む部下のクレオンが国王暗殺を企てたとして、これに死刑を宣告する。一方、身に覚えのないクレオンはこれに反発し、両者は激しい論争を展開する。そのとき合唱隊（テバイの町の長老たちより成る）が仲裁に割って入り、オイディプスを宥める。その誠意あふれる言葉に、オイディプスもついに折れ、死刑宣告を撤回する。

それもおまえ（合唱隊）の、こいつ（クレオン）のではない、情を尽くした言葉がわたしの心を打ったからだ。

（六七一―六七二行）

すなわち劇の主人公オイディプスは合唱隊の言葉（思念ひいては存在そのもの）を尊重し、それに合わせて劇中での己のあり方、行動を変更するに至るのである。これは主人公オイディプスが合唱隊を劇を構成する重要な一員と見なしていることを示すものである。

また終幕近く、オイディプスが自らの秘められた過去の罪状を知って、その懲罰に自らの手で自らの両眼を潰したあと、再び舞台に登場する場面がある。その落魄した身のオイディプスを以前と変わらず遇する合唱隊に対して、オイディプスは次のように言う。

おお友よ、
おまえは今なお変わらずわたしを思うていてくれるのだな。

（一二三一―一二三二行）

これまた合唱隊を自分と対等で親密なパートナーと見なしていることの証拠であると言い得よう。いま一つは同じくソポクレスの『トラキスの女たち』の例である。夫ヘラクレスに愛人ができたことを察知した妻デイアネイラは、夫の愛情を取り戻そうとして、昔ケンタウロス族のネッソスから貰った媚薬を思い出し、逡巡したあげくにこれを使用したものかどうか合唱隊（トラキスの町の乙女から成る）に相談する。

ヘラクレス様の愛を取り戻すこの薬を使って、
なんとかあの娘を出し抜こうと思い、
こんなことを思いついたのです。軽はずみなことをしていると
思われなければですが。そうだというならやめます。

（五八四―五八七行）

これに合唱隊はこう応える。

確信するところがあってなさるのであれば、
けっして悪いお考えではないと思われますが。

（五八八―五八九行）

これを受けてデイアネイラは使用に踏み切る。しかし媚薬と思ったものがじつは毒薬だった。そのためにヘラクレスは命を落とすという悲劇が出来《しゅったい》する。ギリシア世界随一の英雄を殺したものは、愛する夫の愛情を取り戻そうとした妻デイアネイラの純な心情と、それを後押しした合唱隊の一言だった。合唱隊は劇の動向に少なからぬ影響力を行使したことになる。

以上を見ると、合唱隊（ソポクレス劇における）は、単なる烏合の衆ではなく、全体として一定の人格を保有する存在であると考えることができる。その点において俳優と同等であり、その言葉、その思念、あるいはその存在自体が劇に不可欠なものとなっていると言うことができる。かくしてアリストテレスに由来する合唱隊俳優論の正当性が確認されることになる。エランドネアはこう主張する。

一方、アリストテレスが合唱隊俳優論を主張する際に否定的評価を下したエウリピデスの場合はどうだろうか。彼の作品における舞台上の俳優たちの動向とオルケストラの合唱隊との関わり合いはどうなっているだろうか。たとえば、メデイアは夫に復讐するために我が子殺しという大罪を犯すことになるが、その際合唱隊（コリントスの乙女らより成る）はそれにどう関係していようか。またパイドラは継子ヒッポリュトスへの不倫の恋に悩み、死を決意して絶食を試みるが、この彼女に対して合唱隊はどう関わってくるだろうか。いずれも劇の主人公と劇の筋の成り行きにとって重大な局面である。

メデイアは子供殺しを実行するにあたって合唱隊にその是非を相談することはない。彼女はすでに決心している。ただその計画のあることを合唱隊に明かすことはする。

そのあとこのわたくしがどんなことをしなくてはならないか、それを思えば
この胸は張り裂けそう、わが子を殺そうというのですもの。
［……］
だって、ねぇ皆さま、仇どもから物笑いの種にされることだけは我慢できませんもの。
（七九一―七九七行）

合唱隊は反対の意を表明する。

そこまではっきり打ち明けられたからには
あなたをお助けするためにも、また人の世の掟を守る意味からも申し上げるのですが、
このことを実行に移すことはなりません。
（八一一―八一三行）

しかしそれによってメデイアは翻意することはない。合唱隊の言葉は観客の、ひいてはその背後にある世間一般の常識、言い換えれば人倫といったものを反映している。しかしそれは怒りに燃えるメデイアには通じない。ひょっとすると持ち得たかもしれない合唱隊の影響力は行使されないままに終わる。ここで、主人公メデイアの強さの前で、合唱隊は無力である。

パイドラの場合はどうだろうか。慎み深い深窓の令夫人パイドラは継子ヒッポリュトスに対する不倫の恋に悩む。この恋を貫けば人の道に反し、その果てには悲惨な結果が待ちかまえているだろう。さりとて簡単に思い切ることもまたできない。こうしたパイドラに合唱隊はどのように対応しようとするのだろうか。

トロイゼンの町の若い乙女らからなる合唱隊は、この不倫の恋に反対する。人倫を重んじ悲劇を回避しようと思えば、パイドラはこの合唱隊の言うところに従うのが上策である。しかしここで邪魔が入る。不倫の恋をあきらめきれない彼女の心中の秘めた思いを代弁するかのように、乳母が言う。

さあ姫さま、まちがった考えはおやめなさいませ。
人の身を越えようとなさってはいけません。だって神さま方に勝とうなんて
人の身にあるまじき考えに他なりませんもの。
思い切ってこの恋に心をお決めなさいませ。神さまがそう望んでいらっしゃるのです。
（四六七—四七〇行）

一方、合唱隊（の長）は迷うパイドラの最初の決心を支持する。

パイドラさま、この方（乳母）のおっしゃることは、いまのお苦しみを和らげるには
うってつけの処方。でもわたくしはあなたのお気持ちの方こそご立派と思うものでございます。
（四八二―四八三行）

本篇の合唱隊は先の『メデイア』の合唱隊と同じく、その思考回路は世間一般の常識人のそれである。言い換えれば劇場に詰めかけた善良なる市民のそれである。不倫の恋に対してはこれを忌み避けることをよしとする。しかしいまエウリピデスが描こうとしているパイドラは、メデイアと同様、世間一般がよしとする人の道を越えようとする、情念の擒《とりこ》となった赤裸々な人間像である。その世間の常識の対極にあるものを遂行する機関として、あるいはそうしたパイドラの心中に巣くう思いを代弁する人物として、作者エウリピデスは乳母という脇役を使った。この舞台上の俳優を前にしては、舞台下の平土間にいる合唱隊は己の劣勢を認めざるを得ない。パイドラは合唱隊の言を退け、乳母の言を容れる。それだけではない。不倫の相手のヒッポリュトスへの恋の申し入れまで、パイドラは乳母に委ねてしまうのである。それは結局失敗に終わるのであるが、いずれにせよ本篇の乳母（という脇役）は劇の筋道の行くえを左右する存在であると言ってよい。ソポクレスでは合唱隊が果たした役割を、エウリピデスでは乳母（という脇役俳優）が果たしている。アリストテレスが付けた付帯条件のとおりである。言い忘れたが、先のソポクレスの『トラキスの女たち』にも、主人公デイアネイラ

の乳母が登場する。しかしデイアネイラは、媚薬の使用に関して乳母の意見を求めることは一切しない。ソポクレスはこの件に関しては、乳母という脇役よりも合唱隊のほうを重用したことになる。劇の題名がこの合唱隊の名からとられていることもこの重用とまったく無関係とも言い得ないように思われる。

三．合唱隊と観客

ギリシア悲劇の淵源を極めることは難しいが、いまそれを酒神ディオニュソスの事跡を祝《ことほ》ぐ祭礼の讃歌（ディテュランボスと称する）にあったと、一応してみよう。最初は祭礼に参加した全員がこれを歌っただろう。その集団はいつの頃からか、次第に歌を歌う者すなわち行為する側と、それを見物する側とに分離して行っただろう。しかし両者の絆はまだ強い。見物する側の者も、時に応じて声を上げ、行為する側の者たちと唱和することもあったろう。次に行為する側の者の中から全体を主導する者が現れ、独唱することを始める。それに応答する第二、第三の独唱者も生まれる。酒神讃歌ディテュランボスはその後ただ酒神ディオニュソスの事跡を歌うだけでなく、ギリシア各地の英雄伝説などを取り入れて一定の構造を持つ物語へと変貌して行く。そこでは独唱者すなわち物語の主要人物に扮した者が、物語の構成に与る者としてその存在を強めて行く。それ以外の行為参加者は物語の筋道に寄り添いつつも、次第に傍流的存在と化して行くだろう。それが合唱隊である。物語の筋を担う人物たち、すなわち劇の登場人物たちは彼ら中心の世界を構築して行く。それだけ合唱隊との間には距離ができる。さりとて両者間の絆は断絶したわけではない。一方、合唱隊は以前別れた見物人との関係、——行為者とその行為を見物し受容する側との関係——を修復する、あるいは想起する。劇の筋を担う登場人物たちと観客は、行為する者とそれを見る者という異次元の立場に画然と別たれるが、合唱隊と観客との関係はそうではない。行為する者とそれを見る者という点では同次元に位置するわけではないが、舞台上で物語の筋を運ぶ者たちに対しては両者はほぼ同じ次元にいるのである。合唱隊は舞台上の登場人物たちの世界からは次第に取り残されて行く。しかし一方で合唱隊は観客の意向を劇中で反映する機関とも成り得る。観客は合唱隊を通して劇の場に参加しているのである。合唱隊がおおむね主人公の与党的立場に立って温厚な人間観、人生観を表明するのは、じつは観客席の善良なる市民意識の反映なのである。

しかし観客はつねに善良であるのではない。不逞な想像をたくましくし、波乱を望み、混乱を喜び、悲劇を目の当たりにしてカタルシスを堪能したがる。その思いを叶えてくれるのはもはや合唱隊ではない。舞台上の登場人物たちである。観客の関心は合唱隊を捨てて舞台上の俳優たちに移って行く。ソポクレス、エウリピデスの両作家とその合唱隊および脇役との関係は、こうしたギリシア悲劇全般の時間的推移に沿ったものではあるまいか。ソポクレスが『トラキスの女たち』で、女主人公デイアネイラとごく親しい間柄の、また何事につけ充分信頼してしかるべき乳母という脇役を登場させながら、肝心の媚薬使用の場ではこれを信用せず、彼女に比べて人生経験もまだ浅いと思われるトラキスの娘たちからなる合唱隊を相談相手に選んだ理由は、よくわからない。悲劇の淵源に関係の深い合唱隊という存在に敬意を表したためだろうか。あるいはまたエランドネアが言うように、合唱隊に一個の人格を認めたということならば、なぜそれをもっと明確な形に、すなわち合唱隊の代表者を舞台に引き上げる形で一個の登場人物を創り出すことをしなかったのだろうか。この問いに対してはエランドネアは明確に答えてくれない。それは、合唱隊の背後にいる観客という「善良」の化身を意識してのことだったのだろうか。

一方エウリピデスは合唱隊に「人格」を与えることをせず、これをいわば一つの機関と見なし、それに代わるものとしてさまざまな脇役を登場させた。ニーチェ風に言えば（ニーチェは『悲劇の誕生』の第一一章で、エウリピデスは観客席の一般市民と同質の人物を多数脇役として舞台に上らせた、そしてそれがために悲劇は駄目になった、というような意味のことを述べている）、観客席に詰めかけた庶民の中から適宜用向きに応じて舞台上にピックアップしたということになる。

四．合唱隊の限界

さてアリストテレスのあの主張は果たして容認されるだろうか。つまり合唱隊は俳優の一人と見なし得るのだろうか。ソポクレスの劇における合唱隊はなるほど主人公と密接な関わりを持つ場面があり、そこには舞台上の俳優（登場人物）と変わらぬ役割を果たしていた。そう言ってよいように思われる。『詩学』の該当箇所を注釈演繹したエランドネアは、合唱隊に一個の人格を認めることによってこの説を援護しようとした。右で見たとおり、この点はじゅうぶん首肯できる。オイディプスもデイアネイラも合唱隊の一言によってその行動を大きく変えた。そこまでは舞台上の登場人物（俳優）

とその働きの点において変わるところがない。だが舞台上の俳優と合唱隊とで決定的に異なる点がある。それは合唱隊が、劇の進行の中で舞台上の人間たちを襲い、彼ら（主人公のみに止まらぬ、脇役も含めた全員）をして悲劇的状況へと陥らせる運命の重圧の埒外の存在として留まり続けるという事実である。舞台上にいる登場人物は、たとえ脇役であろうとも主人公の運命の変転と無関係ではあり得ない。多かれ少なかれその影響を受けるのである。合唱隊が示し得るのはせいぜい舞台上の人間たちへの第三者的同情にすぎない。ここに両者の本質的な差異がある。合唱隊が活動する場所が舞台前方の一段低い平土間（オルケストラ）であるということはそのことの具体的な表明なのである（もっとも舞台とオルケストラを分ける段差は、前五世紀末の頃に至ってもまだ一〇センチメートルか一五センチメートルの僅かなものだったとされている。だがたとえそうでも段差は段差である。後世この段差は大きくなって行き、ローマ時代の劇場を見るとオルケストラは舞台と観客席との間に埋没する形になっている。そこに至って合唱隊の存在は無きに等しくなる）。

アリストテレスの説はその言うとおり、ソポクレスの作品の場合には首肯できると言ってよい。彼はエウリピデスの場合は妥当しないと言った。これもその言うとおり当たっていた。となると合唱隊俳優論はギリシア悲劇作品全体には適用できるものではないことになる。

ソポクレスは『トラキスの女たち』において乳母という脇役を登場させながら、媚薬使用の段でこの人物を活用せず、合唱隊に主人公説得という大役を振った。一方エウリピデスは『ヒッポリュトス』でパイドラの不倫の恋の推進役を、合唱隊の制止を振り切って乳母に委ねた。彼は合唱隊を俳優として使う代わりに、乳母という脇役を活用したのである。ソポクレスは『トラキスの女たち』でせっかく乳母を登場させながら、肝心の媚薬使用の場ではその意見を述べさせなかった。デイアネイラは合唱隊と乳母双方の意見を聞いた上で態度決定したわけではない。一方エウリピデスの『ヒッポリュトス』のパイドラは、合唱隊と乳母双方の意見を聞いた上で態度を決定した。乳母の言うところに従って不倫の恋に身を任せたのである。いずれにせよ、デイアネイラもパイドラも、自死という悲劇的結末に至る。デイアネイラの死が告げられたとき、媚薬の使用を勧めた合唱隊は自らの言葉が死の遠因となったことに思いを致すこともしない。ただ他人行儀な言葉を発するのみである。

どんな風にして
お一人で決心して夫の死に自らの死を重ねるようなことを
なさったのか。

（八八四—八八六行）

それ以前も、媚薬が毒薬ではなかったかと不安がるデイアネイラに対してつれない物の言いようをしている。

怖ろしいことが起きるのではないかと不安に思うお気持ちは当然ですが、
事の成り行きを前もってあれこれ思いわずらってもはじまりません

（七二三—七二四行）

彼女らは、デイアネイラの心中に入って行かない。傍観者の域を出ていないのである。

これに反して『ヒッポリュトス』の乳母は、女主人公パイドラの心中に分け入ってそこに潜む心情を汲み取ろうとする。誘導尋問よろしく秘められた恋の相手を探り出す。そしてその不倫の恋を進める方向でパイドラを説得し、恋の告白を相手に伝える取り持ち役まで買って出る。その交渉が不首尾に終わって女主人の叱責を受けても、もう一度挽回の機会をくれと、あくなき執念を見せる。ここに合唱隊と脇役の乳母との差は歴然となる。合唱隊は舞台上の主人公の行動あるいは思惟にある一定の影響を与えることは与えるが、それは「ある一定」のもの、限界のあるものなのである。たとえ脇役であれ俳優のほうが、主人公役にコミットする度合いは合唱隊よりも強いと言わざるを得ないだろう。ソポクレスは合唱隊の持つある一つの側面を活用したと言い得るかもしれないが、それはやはり限界のあるものだった。舞台とオルケストラとの段差はほんの一五センチメートルほどであったかもしれないが、段差はやはり段差だった。合唱隊はこれを超えることはできなかったのである。

第三章　嘘を吐《つ》く神

デルポイのアポロンの神殿跡

一・エウリピデスのプロロゴス

かつて志賀直哉の『網走まで』を読んだとき、当然話は網走まで続くものだと思っていると栃木の宇都宮あたりで終わってしまって、アレと思ったことがある。これはちょっとした騙し（そう言ってもよいと思う）である。尤《もっと》も車中で隣り合わせた女性はとにかく網走まで行くのだから、主人公が途中の宇都宮で止まっても一向に構わないと言えば言える。これに似たものが、ギリシア悲劇の場合にもある。それに触れたい。ただ志賀直哉の場合は、いや読者のわたしには、騙されたことにある種の快感がなかったわけでもないことを、序《つい》でながら付け加えておきたい。

閑話休題。悲劇の冒頭部分をプロロゴス（近代語のプロローグ。序詞、前口上などと訳される）と言う。そこにはおおむねその劇の登場人物の一人が登場して、劇の物語の、それまでの経緯と現在の状況を観客に告げ知らせるのがその役割である。これによって観客は、これから始まる劇について予め特別な知識を与えられることになる。特別な知識、それは一つの「情報」である。しかし「情報」と言えば、ギリシア悲劇の場合、観客はつねに予め「情報」を得ていることになっている。つまり、悲劇の素材が観客には既知の神話伝承であったということである。中にはそうしたものに無知な者もいたかもしれないが、作者はそんな輩よりも、たとえ少数であっても知識量の豊富な観客のほうが気になるものであり、またなったはずである。いずれにせよ多少の差はあれ、観客はすでに前もって劇の物語についての情報を持っていた。このような観客を前に、ことあらためてさらにプロロゴスを付け加えるのはどのような意図があってのことだろうか。

思うにそれは、作者と観客との間の一つの約束もしくは協定の締結を意味する。すなわち、当該物語に関する知識の点で確実あるいは曖昧、多あるいは少と種々様々な状態にある観客に、作者のイニシアティブによってある一定の量と正確さを持つ情報に限定し、これを提供する。と同時に、観客の側はそうした限られた情報の世界に自分の身を置くことを約束させられるのである。これは作者の好み通りに観客を劇の世界へ誘い入れることになるが、その反面またそうして一定の情報を持った観客の存在は、作者の筆の運びを規制することにもなりかねない。情報をたっぷり持たせた観客は、作者にとって手強い存在となる。観客は、手の内を曝け出した作者と同等の立場に立つ。観客はいわば作者の楽屋内を覗くことになる。したがって作者にとっては、こうして与えられた情報の処理、つまり劇の結末のつけ方が問題となってこよう。観客は豊富な情報をもとにそれに注目しているわけである。

以上述べてきたことはおおむねエウリピデスの作品のプロロゴスに相当する。エウリピデスとほぼ同時代に活躍した喜劇詩人アリストパネスは、その『蛙』(前四〇五年上演)の中で次のように言っている。アリストパネスにもエウリピデスのプロロゴスの特異性がわかっていたのである。

エウリピデス

[……]

わたしは出まかせを喋ったり、飛び込みで場を混乱させるようなことはせず、代わりに最初に登場する人物に、とにかくまず劇の素姓を語らせるようにした。

アイスキュロス　そいつは君の素姓より、きっとましなものだったろうよ。

（九四五―九四七行）

アイスキュロスの作品にもソポクレスの作品にもプロロゴスはもちろんあるが、エウリピデスのそれのように一人が延々と喋るのではなく、また話者も一人でなくたいていは二人の人物の対話形式になっている。このほうが却ってわたしたちには自然な導入部という感じがする。エウリピデスの場合は上述のようにいかにも情報提供をするという意識が強すぎて、導入部としては不自然であるような気がするのである。

さらに加えて、エウリピデスはここに神を登場させることを好んだ。現存一九篇のうち五篇（『アルケスティス』、『ヒッポリュトス』、『イオン』、『トロイアの女』、『バッコスの信女』）がそうである。さらに神とは言えないが『ヘカベ』のポリュドロスの亡霊を加えてもよいかもしれない。また『ヘラクレス』では劇の中途にイリス、リュッサの両神が現れて、劇の後半の筋書きを予告している。これも数に入れれば、けっこう多くの作品がそのプロロゴスに神を出していることになる。

普通のプロロゴスと神のプロロゴスとの違いは、後者の場合、未来のことまで予告してしまうことである。神は全能であるから人の身には与り知れない未来のことも予測できる。予測するだけならよいのだが、それを予告してしまう。観客には劇の物語の展開と結果までもが劇を見る前からわかってしまうのである。これはよいことだろうか。

先に述べたようにギリシア悲劇はその題材を国民周知の神話伝承に仰ぐことになっていたから、題目を聞いただけでそれがどんな話か大方の観客には予測がついたはずである。その上で、しかし観客は作者がそれをどうアレンジするか、物語をどのように展開させて最後まで興味を持たせてくれるか、それを期待するはずである。ところがその作劇の具体的な手続きまで教えられてしまうと、興味の持ちようがなくなってしまう。これは意味のあることだろうか。

ここでエウリピデスのためにG・マリーの言を借りてちょっと弁明をしておけば、神のプロロゴスでは「何がwhat」将来起きるか告げられても、それが「どのようにhow」起きるかは、伏せられている、とは言うことができる。つまり作者はすべてを曝け出してしまうわけではないのである。ただそれにしても、ここまでするのは情報の過剰提供と言わなくてはならないだろう。

二.『イオン』のプロロゴス

こうした神による未来情報を過剰に受ける観客は、では観劇の目標点をどこに置いたらよいのだろうか。それもさることながら、その情報は果たして全的に信用できるものだろうか。神はつねに真実を告げるものというのはわれら人間の謬見であって、嘘は吐かないとしてもいくつか情報を意図的に省くことがあって、結果的には間違った情報を与えたことになるような場合もあるのではないか。

先に挙げたプロロゴスに神が登場する劇の一つ、エウリピデスの『イオン』(前四一二年頃上演?・)

は、そんな疑いを持たせる作りの作品である。以下はヘルメス神によるプロロゴスの一部である。少し長いが目を通していただきたい（この前段までに、アテナイの王女クレウサがかつてアポロン神に手籠にされ男児を産んだが、それを捨て子にしたこと、その子は成長していまデルポイのアポロン神殿に仕える身となっていること、クレウサはその後クストスと結婚したことなどが告げられている）。

長いこと夫婦生活を続けたが
彼（クストス）は、そしてクレウサも子宝に恵まれなかった。そこで
子供を授かろうと、ここへアポロンの神託を求めにやって来る。
事の成り行きをここまで工作したのは、ロクシアス（＝アポロン）だ。
どうやら無関心ではいられなかったようだ。
神託を受けに参詣したクストスに己の子を
押しつけようという魂胆。子供はおまえの子だと
言うつもりだ。そうなれば子供は母親の家へ行き、
クレウサに認知される。そしてロクシアスとの秘密の結婚は
闇に隠されたまま、子供は跡継ぎとしてのもてなしを受けられよう。
またロクシアスは、この子がギリシア中あまねく
アジアの創建者イオンの名でもって呼ばれるように計るだろう。

（六四―七五行）

さて、これを観客はどう聞くだろうか。神アポロンの気まぐれ、若き日のクレウサの過失、その結果の捨て子との劇的な再会、秘密は隠蔽されたまま、アテナイ王家の世継ぎ問題も解決して大団円となる。終着点がわかった以上は、そこへ至る過程が観客の興味の中心となろう。だが仔細に見ると、このプロロゴスは問題を含んでいる。

アポロンがクストスにお前の子と偽って己の子イオンを押しつけるところはよい。クストスにも若き日にこのデルポイでの乱痴気騒ぎの体験があり、子供はその夜の過ちの結果と納得できたからである。だがそのイオンが「母親の家へ行きクレウサに認知される」という箇所は問題である。「母親の家へ行く」前にまず問題が出来するし、母子再認も簡単にはいかないからである。むしろ再認に至る過程での騒動が、この劇の主要点なのである。最終的にはイオンは母クレウサによって認知されるから、ここの一節は強ち嘘とは言えない。ヘルメス神は嘘を吐いているわけではない。しかしその最後の真実に至る過程をほとんど省いている。だから情報としては精度の低い情報ということになる。間違いではないが、間違いに近い情報である。

もう一つ「ロクシアスとの秘密の結婚は闇に隠されたまま」に終わると言われている。夫のクストスにはこの件はばれずに済む。クストスは最後までイオンは自分の子供であると信じている。しかしロクシアスとの秘密の結婚すなわちイオン誕生のいきさつは、まずクレウサ自らの口から彼女の忠実な老僕に明かされるし、また劇の末尾ではイオンにも明かされる。クストスに対してだけは「闇に隠されたまま」であるが、彼以外の人物は皆知ってしまうのである。いかにも舌足らずな予告と言わざるを得ない。

以上のようなことを、さてわたしたちはどのように考えたらよいのだろうか。神はつねに真実を語るというのは、わたしたち人間の勝手な思い過ごしなのだろうか。そもそもデルポイのアポロンの神殿は歴史時代でもギリシア屈指の神託所として有名であったが、その託宣は曖昧かつ両義的で、受けた側が読み違いをすることがしばしばあった。ソポクレスの『オイディプス王』では、オイディプスが自分の実の両親の名を尋ねたのにそれに答えず、別の神託――父殺しと母子相姦――を告げて、オイディプスの心を翻弄し、けっきょくオイディプスをしてその託宣通りの破滅へと導いている。神が人間に告げる話は元来そうした曖昧模糊としたもので、大筋で間違ってさえなければ許されるものだろうか。翻弄される人間のほうにこそ問題があるのだということだろうか。もしそうであるなら、劇の冒頭の部分で人間が間違いやすい情報を提供するのは不親切というものである。イオンにまつわる伝承を多少でも知っていれば、そうした曖昧な未来情報は却って邪魔であるとも言える。効用の点では人間の手によるプロロゴスと変わるところがなくなってしまう。いや不親切こそ神の遣り口だということかもしれない。一見嘘を吐かれたと思わせるくらいの情報の出しおしみが、神の遣り口なのかもしれない。

一方で、いや神はたしかに本当のことを言ったのだとする見方もできる。神の予告を現実のほうが裏切ったとする見方である。人間界の現象は錯綜していて神の予告どおりにはゆかぬということである。その錯綜した人間世界の一端を象徴的に示す言葉として、テュケー（運、めぐり合わせ、偶然などの意）を挙げよう。この語は作中に頻出する（一七回）。人間界の出来事はしばしばテュケーに支配される。盛者必衰、すべては運次第、昨日までの正義が今日は不正義となり、父祖の代の暴勇がいまや勇気となる。神の予告どおりに事態が立ちゆかぬ本篇は、このテュケーの働きを描くところに主眼がおかれているのではないか。

本篇とほぼ同時期に制作上演されたと思われる作品に『タウリケのイピゲネイア』、『ヘレネ』がある。この両作品に登場するテュケーの語の数は、前者が一四、後者が二四である。これは決して少ない数ではない。この両作品でも人間界を統べる力としてテュケーが考えられていると見てよい。ただしこの両作品のプロロゴスには、神は登場しない。この点、本篇におけるような神の予告と人間界の現象とが対蹠的に描かれているわけではない。しかし、神の言葉といういわば必然に対する偶然の提示、そして強調は、一つの時代相の反映であると言ってもよいかもしれない。前五世紀末の、しかもペロポネソス戦争下、伝統的価値観がゆらぎ始めた時代の時代相をである。

三．予告を裏切る展開

さて、人間界の現実は神の予告をどう裏切っているのか。『イオン』におけるその実態を見てみよう。

アテナイ王クストスは子宝を求めてデルポイのアポロン神殿に神託を受けにやって来る。神殿内に参詣した彼は、神殿から退出して最初に出会う者こそ己の子であるとの託宣を受ける。そしてこの神殿に仕えて下働きをしている若者イオンと出会い、託宣どおり我が子を得たと喜ぶ。幾分かの曲折はあるが孤児の身の上であったイオンもクストスの言い分を認め、ここに親子の再会が成立する（その実イオンはアポロンの落胤である。プロロゴスのとおり、クストスはそれをうまく押しつけられたわけである）。

プロロゴスによれば、このあとイオンはアテナイへ行き、そこでクストスの妻クレウサにも認知されるとあるが、事はそう簡単には進まない。クレウサも夫クストスに同行してデルポイまで来ていた。ただ神託を聞いたのはクストスだけだった。クレウサも一緒に聞いたわけではない。そのクレウサに、クストスとイオンの親子再認についての情報が合唱隊から入る。それによれば、クストスは若い日のデルポイの祭りの折、乱痴気騒ぎのどさくさに土地の娘と交わり生ませた子供を、いま実子と認めてアテナイ王家の跡継ぎにしようとしているということである。聞いた彼女は怒り嘆く。自分とは何の血縁関係もない他人の子を、自分ら夫婦の子として王家の跡継ぎに迎えることはできない。そもそも夫のクストスは入り婿である。クレウサの父アテナイ王エレクテウスがエウボイアと戦を起こしたとき、アイオロス族のクストスの加勢を得て勝利することができた。その功績でクストスはアテナイ王家に迎えられ、クレウサの夫となったのである。その他国者のクストスが、いままた余所の女に生ませた子供を王家に迎えようとしている。家付きの嫁クレウサにしてみれば、己の家と財産を乗っ取られる思いである。その苦しい胸の内を見すかすように、古くから彼女に仕える老召使が彼女の気持ちを煽り立てる。クストスは他国者でありながらアテナイ王家に入り込んであなたを妻とし、屋敷と財産を手に入れておきながら、密かに他の女と通じて子供を儲けたのだ。それを隠した上でデルポイの神託にかこつけてその子を世継ぎに据えようと画策しているのだと。

嘘を吐いたのは神さまではない、旦那さまのほうですぞ、
以前から子供を養っていて、それでこんな謀《はかりごと》を
考え出したのです。

（八二五―八二七行）

つまりクストスは自分に都合のいいように、偽の神託を捏《でっ》ち上げたのだと言うのである。そしてかくなる上は黙って見過ごすべきではない、仕返しをするべきであると女主人に献策する。

こうなった以上は、あなたさまも女ながらにできることがあれば、なさらねばなりません。
剣を取って、いや、何か謀をめぐらして、
いや、毒を盛ってもよい。とにかく旦那さまとその子を
殺してしまうのです。相手からやられる前に。

（八四三―八四六行）

仕返しの対象は、けっきょくイオンとなる。これを毒殺することに決める。ちょうど夫のクストスが、子供との再会を祝って野外で祝宴を催そうとしているところである。幸いクレウサは、父親譲りの毒薬「ゴルゴンの血の滴《しずく》」を肌身離さず持っている。これを宴会の席でイオンの盃に注ぎ込むことにする。暗殺命令はクレウサが下す。実行役は老召使である。老召使は宴会の席にもぐり込み、イオ

ンの酒盃に毒薬を注ぎ込むことに成功する。暗殺が成就するかに見えたそのとき、誰かが不吉な言葉を口にしたというので乾盃はやり直しとなり、盃中の酒は地上に捨てられる。そこへ神殿を塒《ねぐら》とする鳩が降りて来て捨てられた酒溜りをついばみ、喉を潤おそうする。その中でイオンの酒盃から捨てられた酒をついばんだ鳩が苦しみもだえ、ついには絶命する。これを見たイオンは自分が誰かに毒を盛られたと気づき、先ほど目撃していた老召使を犯人と断定し、捕えて厳しく追求し、ついに犯行を自白させる。その口から暗殺命令を下したクレウサの名前が告げられる。イオンは今度はクレウサを追跡し、追い詰める。両者のあいだに緊迫した遣り取りが交わされる。その結果、意外にも両者が真実の親子の関係にあることが判明する。

以上のような経緯を観客たちはどう見るだろうか。これはプロロゴスのヘルメス神の予告どおりの展開であると、はたして思うだろうか。まず母と子の互いの認知はアテナイでなされるとの予告は的中しなかった。ただしこれは認知の場所だけの問題であって、それを黙過すれば予告はまだ許容できる範囲にあると言えるかもしれない。しかし認知に至るまでの紆余曲折は、まったく予想外のことだったと言ってよいだろう。暗殺計画、その失敗、それへの仕返し、これこそ劇の筋を運ぶ重要な事件であり、また観客の興味の直接的な対象となるものなのに、このことについては一切何の予告もなかったのである。この逸脱――プロロゴスでの予告からのそれ――は許容範囲として認めてもよいのだろうか。いや、やはり神は嘘を吐いた、いや吐かないまでも与えるべき情報の量を抑えすぎたと言ったほうがよいのだろうか。

先ほど述べたように、エウリピデスのプロロゴスは何が起きるかは告げられてもそれがどのように起きるかは隠されているという見方がある。本篇のプロロゴスはその典型的な例なのだろうか。そう取るべきなのだろうか。そう取るとすれば、これは極めて意図的な劇作技法ということになる。その意図とは、観客に意外性とそれに伴う娯楽性を喚起することである。問題は、見方によっては神が嘘を吐いているようにも見えることである。神の計画が現実によってひっくり返されているように見えることである。人間世界は神の意図通りに操られ動かされて行くと、一概には言い得ない状況が出来しているように見えることである。この「見える」ことに、ひょっとすると作者エウリピデスの意図が籠められているのではないか。

四・必然と偶然

人の世を動かして行く力は何だろうか。すべては神＝人知を超越した巨大な力の差配によるとする考え方がある。たとえばソポクレスが描いた『オイディプス王』という作品では神託の絶対性が示されている。父親殺しと母子相姦という恐ろしい神託を下されたオイディプスは、それから逃れようとあがいたあげく、しかしけっきょく神託どおりに大罪を犯してしまう。しかも彼は以前何か失態を犯したがゆえに、その懲罰としてこのような目に遭わされたわけではない。単に神の気まぐれとしか思えないような成り行きでこうなったのである。これは不条理である。しかしこの世には人間の力ではいかんともしがたいそうした力が働いている、ということだろう。それをソポクレスはこの作品でまず示した。

オイディプスはコリントスの使者から（養）父ポリュボスの死の報告を受けたとき、自分を苦しめてきた神託から解放され、父殺しという恐ろしい神託は成就しなかったと断じ、この世を支配するものは神意ではなくテュケーである、自分はテュケーの息子であると嘯く。しかしそれも束の間、自らの父殺しと母子相姦の事実が暴露され、自分の人生はやはり神託どおりに進行していたことを思い知らされる。

同時にしかしオイディプスは、この不条理な力に完全に屈服するわけではない。この人間と神との力関係を自らの知性で捉えて明らかにし、この世の仕組みの中に人間という卑小な存在の居場所を設定することによって、改めて神との関係を構築し直そうとする。ソポクレスは知の人オイディプスのそうした一面も描く。しかしそれでも神の力の優位性は揺るがない。

オイディプスが神託伺いをしたのは、本篇の場合と同様にデルポイにあるアポロンの神殿である。ここはドドナ（ギリシア西北部）のゼウスの神託所と並んで、古来神託所としてギリシア中に名の知れた場所だった。古代のギリシア人は、政治軍事上の問題から個人的な事情に至るまで公私において神意を測り、それによって行動しようとする意識が強かった。予言能力を有する個人も尊重された。ホメロスに登場するカルカス、悲劇でお馴染みのテイレシアスらがそれである。そしてこの風潮は伝承世界だけのものではなく、歴史時代に入っても変わらず、継続された。リュディアのクロイソスも、スパルタのリュクルゴスも時に当たってはデルポイに使いを送り、神託を求めた。ペルシア軍侵攻にギリシア中が揺れた前五世紀初頭には、ことのほか神託所は賑わった。誰も彼も取るべき行動を神託によって決定しようとした。少くともそれを参考にしようとしたのである。ヘロドトスの『歴史』はそれを逐一報告してくれている。一例を挙げれば、アテナイ人テミストクレスはデルポイの神託を読み取ってサラミスの海戦を準備した（ヘロドトス『歴史』巻七、一四〇以下）。こうした神託が的中して好結果が得られた場合は、その返礼として莫大な金品が神殿に奉納された。それを収めた宝物庫の一つ「アテナイ人の宝物庫」なる建造物が残存している（ただし現存のものは後世の再建）。またサラミスの海戦に勝利したギリシア連合軍が、デルポイにアポロン像を奉納したという例（パウサニアス『ギリシア案内記』一〇、一四）などは、その典型的なものだろう。

エウリピデスはこうした神観とはややちがった神観の持ち主であったように思われる。『トロイアの女』の中に次のような一節がある。

ヘカベ
おお、大地を支え、大地の上に御座を持つ者よ、
あなたがいったいどなたであるか、ゼウス様とお呼びしてよいのか、
あるいはまたこの世の必然（アナンケー）、はたまた人間の理性（ヌース）と申してよいのか、
確とわかりかねますが、ともかく拝ませていただきます。
（八八四―八八七行）

これを受けてメネラオスは言う。

何だそれは。なんとまた新式で奇妙なお祈りだな。　（八八九行）

まさに新奇としか言いようのない祈りである。この世を差配する最高位の存在は、従来どおりで言えばゼウス神であった。それをゼウスとせずに「必然（アナンケー）」あるいは「人間の理性（ヌース）」と新たに呼び換える。ここには神とか信仰という言葉に含まれる神秘性また倫理性はそぎ落とされ、代わって神の権能の機能的側面が取り上げられ強調されているように思われる。それは人間の知性によって解釈された「力」である。エウリピデスは神を信仰の対象ではなく知的解釈の対象にするのである。神とは単に人間を越える強い力を持つ存在にすぎないということである。必然（アナンケー）の対極には偶然（テュケー）がある。運命、宿命に対する運、めぐり合わせである。本篇『イオン』では、この対立の図式が見事に描き出されているかに見える。ヘルメスが告げるアポロンの予告は、現実の前にその効力を十全に発揮することができない。必然は偶然と対置させられ、相対化される。イオンとクレウサが母子であることを再認しあったあと、イオンは言う。

おお、テュケーの女神よ、あなたはこれまでも数多の人間を翻弄し、
不幸に陥れたりまた幸せにもしてきたりしたが、
わたしも同じだ、母を殺すかこちらが不当な目に遭わされるか
まさに命の墨縄一筋の差のところに居あわせていたのだ。

（一五一二―一五一五行）

人間世界はテュケーが支配している（そしてここでテュケーは神であると見なされている）プロロゴスの神の予告の一方で、人間界では母子が互いに認知するに至るまでに殺すか殺されるかという大騒動が出来していたのだ。この紆余曲折する大騒動は、やはり神の予告からの大いなる逸脱と見なさなければならないだろう。その人間界の、人間たちの勝手な振る舞いに神は狼狽する。劇末に登場したアテナ女神はその間の事情を次のように述べる。

アポロンの神はしばらくのあいだ事実には口をつぐんでおいて、
アテナイに行ってからこの女がそなたの母であり、
またおまえがこの女を母に、ポイボスを父として生まれたことを知らしめようと思っていたのだ。

（一五六六―一五六八行）

これはいかにも弁明くさい言い方である。予告どおりに事が運ばなかったことを認めた上で、なんとかその辻褄を合わせようとする意図が透けて見えている。「子供は母親の家に行き、クレウサに認知される」というのがプロロゴスでの予告だった。子供は（アテナイにある）母親の家へ行かぬ前に認知が行われる。これは事実と違う。最終的に母子の認知が成就することはまちがいないが、そこに至るまでに手間暇がかかりすぎたのである。そしてプロロゴスで情報提供されなかったこの手間暇の逐一を見せることが、作者の意図するところだったと思われる。また観客にアピールするところ、観客を楽しませるところだったと思われる。

では、アテナイへ行く前に騒動が起こり、そのまま母子の認知も済んでしまうという筋書きは、初めから作者の意図するところだったのだろうか。それともプロロゴスのあと、筆が自然に走り出したその結果なのだろうか。それゆえに右のようなアテナ女神の弁明の言葉を必要としたのだろうか。アテナ女神はさらに付け加えて言う。

　神のすることは手間暇かかるものだが、最後は揺るぎない。

（一六一五行）

劇全体から見れば、逸脱は修正されてすべては神の計画どおりに落着したかに見える。しかしプロロゴスにおける神の予告を一見嘘とも思わせるような劇中での逸脱ぶり、手間暇こそじつは作者の描きたいものではなかったろうか。人間界は、テュケーすなわち偶然、運、めぐり合わせが支配する世界であるということ、それを示すことが作者が狙いとするところではなかったろうか。

この世界を支配するのは「神＝必然」であるかもしれない。しかしその世界を生きている人間の目からすれば、この世を動かしているのは「偶然」のように思われる。そう思わせる事象があまりにも目につく。この劇が上演されたとされる前四一〇年代末の頃の人々の目には、テュケーこそこの世を動かしていく動因のように見えたのである。このテュケーの優勢を描こうとするから、神の予告は自ずと曖昧で舌足らずのものとなり、あたかも嘘を吐いたかのように見えるのである。

五．嘘の効用

プロロゴスにはもう一つ嘘（敢えて言えば）がある。プロロゴスの先ほどの部分に続く箇所がそれである。

（子供は母親の家へ行きクレウサに認知される。）
そしてロクシアスとの秘密の結婚は
闇に隠されたまま、子供は跡継ぎとしてのもてなしを受けよう。

（七一―七三行）

というのがそれである。ロクシアスとの秘密の結婚すなわちレイプ事件は、劇の半ばですでにクレウサ自らの口から老召使に暴露される。また劇の後半、クレウサとイオンとの母子認知の場でも、これまたクレウサ自ら（恥ずかしい話と断りながらも）、その折の経緯をイオンに物語っている。ロクシアスとの秘密の結婚すなわちレイプ事件は、決して「闇に隠されたまま」なのではない。白日のもとに二度まで明らかにされるのである。

しかしこの件は秘密を隠す対象を誰にするかで、少し様相が変わってくる。妻の秘密の最大の関与者は夫であるというふうに考えると、これは嘘ではない。たしかに神の予告どおり、秘密は隠されたままになっている。劇の末尾、自分はクストスがクレウサに生ませた子であると誤認したイオンがそのことをクストスに知らせようとすると、クレウサは慌てて止める。「(そんなことをすれば)わたしの罪が明るみに出てしまう」(一四七〇行)と。つまりアポロンとの秘密の結婚が夫クストスにばれてしまうのは困るというわけである。この秘密はクストスに対しては最後まで守られる。わたしたちはこのプロロゴスを聞くときに、秘密は一切誰に対しても守られると考える。それはわたしたちの過剰反応であるのかもしれない。しかしこの神の予告はそうした過剰反応を許すだけの曖昧さを、やはり持っている。情報として適確であるとは言い得ない。そう言えるのではないか。

老召使に秘密が知らされるのは、劇の筋の要求するところによる。女主人クレウサから秘密を打ち明けられた労召使は、受けた仕打ちの仕返しとしてまずアポロンの神殿焼打ち、次いでクストス殺害を提言する。これらが否定されたあと、王家に禍をなす庶子を除くという名目でイオン殺害を立案する。すなわち劇の筋の中核をなす「イオン毒殺」をめぐる騒動は、老召使が女主人クレウサの秘密を知らされることに端を発しているのである。この秘密の開示は劇の展開に欠くべからざる要素であったと言うことができる。

一方クレウサがイオンに秘密を知らせるのは、クストスに事実を知らせないようにするためである。いまイオンは、かつて捨て子にされたクレウサの子供であることが判明した。クストスはイオンを、若い頃、祭りの夜の乱交の果てにテバイの田舎娘に孕ませた子供であると思い込んでいる。双方突き合わせればとうてい整合性のつかない話をイオンが取り次げば、改めてクストスの疑惑を喚起することは必定である。それを止め、イオンを父親ではなく、母親の側につかせるためにクレウサは自らの秘密をイオンに語って聞かせるのである（疑いぶかいイオンはそれだけでは納得しない。そこへ登場したアテナ女神が改めて証言し、イオンを納得させる）。

かくしてクレウサのアポロンとの秘密の結婚、すなわちアポロン神によるクレウサのレイプ事件という秘密は、クレウサの、またアテナイ王家の忠実な召使と実子イオンとの間だけで共有されることになる。夫クストスはアポロン神からまちがった情報を与えられ、真実からは目隠しをされたままの状態に置かれる。そして彼は自らの境遇に一切疑念を抱いていない。このお目出たき人は観客の憫笑の、あるいは同情の対象となろう。「ロクシアスとの秘密の結婚は／闇に隠されたまま」というプロロゴスの神の予告は、クストスに限って言えば真当なものであったことになる。そして「子供は跡継ぎとしてのもてなしを受け」るのである。アテナイの王家は非アテナイ人として王家に入って来たクストスがこれまた非アテナイ人のテバイの田舎娘に生ませた子供イオンが継ぐと、表向きはなっているが、内実は王家の姫クレウサと神アポロンとの子イオンを得ることによって目出たく存続することになる。この秘密をアテナイ市民である観客もまた共有する。かくして劇場は祝福に満ち溢れ、劇は大団円となるのである。このとき忘れっぽい観客はプロロゴスの神の話はもう忘れてしまっているかもしれない。予告された計画からの逸脱は心地よい興奮を生み、展開の妙を堪能させるのに寄与した。そのことにむしろ喝采を送ったろう。

ただこれはどこまで作者が意図し計画したことだったろうか。嘘っぽい神の予告は意図的なものなのか、それとも書き始めたその時から意図せざる方向へ筆が走ったのだろうか。思うにすべてが、嘘っぽい神の予告も、十全ならざる情報提供も、それに続くアクション部分の予告を裏切るような大騒動も、すべてが作者によって勘案されたものだろう。こういう形で神の世界と人間の世界、必然（アナンケー）と偶然（テュケー）を対置させること、いや、人々の感覚では偶然（テュケー）こそがこの世を動かしていく動力と見えていること、を描こうとしたのではないか。ここには前五世紀末の、ペロポネソス戦争（スパルタとアテナイをそれぞれの領袖とするギリシアの内戦）下のアテナイ市民の思考状況が如実に反映されている。作者は劇の末尾で「神のすることは手間暇かかるものだが、最後には揺るぎない」（一六一五行）とアテナ女神に言わせて、テュケーを絶対視する動きを牽制しているかに見えるが、本音のところは不明である。

第四章　「神様を出せ！」

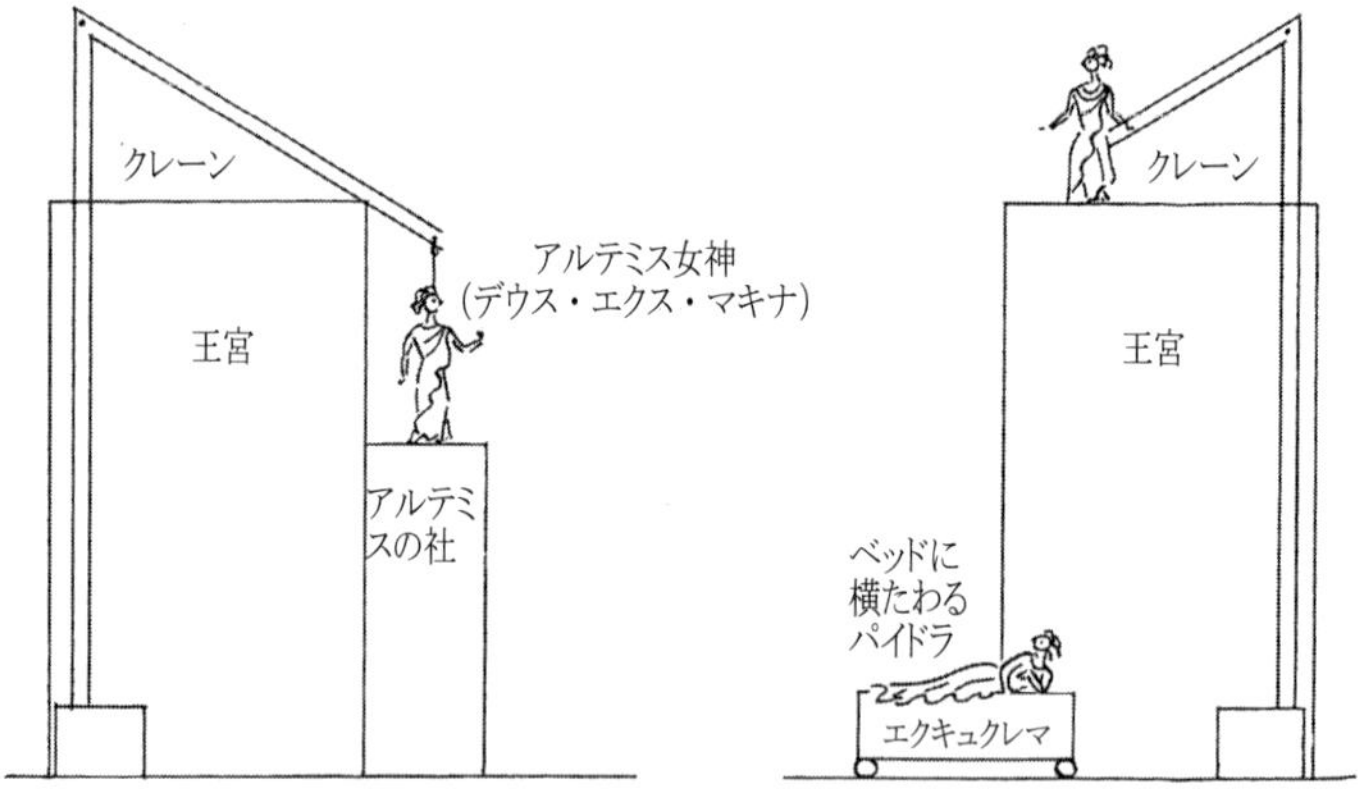

M.ビーバーに拠る

デウス・エクス・マキナの舞台図

一・悪評高い手法

ギリシア悲劇にデウス・エクス・マキナという劇作技法がある。これはラテン語で、ギリシア語ではテオス・アポ・メカネスという（通常は専らラテン語のタームのほうが使われる）。「機械仕掛けの神」と、ふつう訳されている。機械仕掛け、すなわちクレーンを使って舞台上方のテオロゲイオン（神が顕現し語る場所）に登場する神ということである。この技法はたいていは劇の末尾、筋道が錯綜し混乱状態に陥ったとき、その混乱を一刀両断に解決するのに使われる。いわば人間界の混乱状況をその権能でもって即時に解決に導く神、およびその機能のことである。

三大悲劇詩人の一人エウリピデスがこれを愛用した。現存する一九篇のうち九篇（それに類するものを持つ作品を加えると一一篇）でこれを使用している。つまり残存作品の約半数はこの技法を使用していることになる。これは数としては大きい。ちなみに他の作家ではソポクレスが『ピロクテテス』で使用した例があるだけである。

しかしこの技法に関しては古来批判が多い。古いところではプラトンの『クラテュロス』の四二五Dの箇所に次のような記述が見える。

ちょうど悲劇作家たちが何かで行き詰まった時に機械仕掛けで神様を［舞台上に］せり上げるといった逃避手段に訴えるように。

（水地宗明訳、『プラトン全集2』、岩波書店）

またアリストテレスは次のように述べている。

したがって筋の解決もまた、筋そのものから生じなければならないことは明らかである。その解決は、『メーデイア』におけるように、また『イーリアス』のなかの船出のくだりのように、機械仕掛けによるものであってはならない。しかし機械仕掛けを用いる必要があるとすれば、それは劇の外のことがら、すなわち人間が知ることのできない過去の出来事か、あるいは予言や報告を必要とする未来の出来事についてである。というのは、神々が全知全能であることをわたしたちは認めるからである。

（『詩学』一四五四a三七以下、松本仁助・岡道男訳、『アリストテレース　詩学・ホラーティウス　詩論』岩波文庫）

またホラティウスはこう言っている。

神は介入してはならない、もし救い手を必要とする葛藤が生じるのでなければ。

（『詩論』一九一―一九二、岡道男訳、同右）

さらにキケロはこう言っている。

（自然がいかにして他の知性を伴わずにこの生成を行うのか、あなたがたはその方法を理解できないために、）ちょうど主題の結末をうまく導くことができない悲劇作家のように、神の助力にすがりつく。

（『神々の本性について』一・二〇・五三、山下太郎訳、『キケロー選集一一』、岩波書店）

プラトンが言うのは、この手法はまさに困ったときの神頼みで、作者の作劇プランの失敗あるいは創意工夫のなさの指摘である。アリストテレスの主張は引用文冒頭の一行に尽きている。劇の筋の解決はそれまでの筋の展開の結果によるべきで、神といういわば切り札を使ってはならないということである。ここで例に挙がっている『メデイア』の神とは、劇の末尾で復讐を遂げたメデイアが龍の曳く車に乗ってアテナイ指して逃げて行く場面を、また『イリアス』における船出のくだりというのは、巻二の一九九行以下でアガメムノンがギリシア軍の士気を試すために総引き上げを提案したところ兵たちは一斉に船に乗り込もうとする、そのときアテナ女神が顕現し、オデュッセウスを励まして船出を阻止させる、このアテナ女神の介入の場面をそれぞれ指している。

ホラティウスの場合は引用文後半の付帯条件「もし救い手を必要とする葛藤が生じるのでなければ」をどう解釈するかむつかしいところがあるが、とにかく安易な神の導入は避けるべきだということだろう。キケロの場合も同様である。

このようにデウス・エクス・マキナというエウリピデス愛用の劇作技法は、評判が芳しくない。そのご都合主義が強い批判の対象になっていると言えるだろう。だがしかし、これを切羽詰まったあげくの弥縫策《びほうさく》と決めつけてしまうのは早計に過ぎるようにも思われる。エウリピデスほどの手練れの劇作家がそう何度も切羽詰まるはずがないからである。彼はこれを意図的に使用している。そう見るのが自然である。この技法は右の批判者たちの言うように困ったあげくの窮余の一策なのではなくて、作者が意図した上でのドラマトゥルギーであること、これをまずわたしたちは確認しておきたい。

ではなぜエウリピデスはこのように悪評高い技法を多用したのかということが、次に問題となってこよう。まず、この技法の意味するところは何なのか。

これに対する解答はさまざまである。ギリシア悲劇の淵源とからめて、自然の生命の死と再生を暗示するべく劇の末尾に神を顕現せしめたのだとする説（ハリソン、マリーなど）、カタルシス説（アップルトン）、神話的枠組み設定説（シュラーダー）、また劇の筋立てとデウス・エクス・マキナを対立的に捉らえ、そこにイロニーを読み取ろうとする立場（ラインハルト、イエンス、フォン・フリッツなど）、さらにまた筋の流れにおける無知と混乱を神の登場によって知と秩序へ収拾しようとする秩序復旧説（シュピラ）、そしてこうした見方と逆にこの神の登場部分を劇の重要な一要素と見なすことに疑問を呈し、これを単なる芝居の趣向にすぎないものとする見方（中村善也）もある。これらの見方にはそれぞれに首肯すべき点があるものの、しかしそれですべてが解明されるものでもないように思われる。はたしてデウス・エクス・マキナが持つ意味は何なのか。その実態を二つの作品を例にとって考察してみよう。

二．『ヒッポリュトス』の場合

先に触れたようにエウリピデスの残存作品一九篇のうち九篇でこのデウス・エクス・マキナという劇作技法が使用されている。その九篇とは以下のものである。『ヒッポリュトス』、『救いを求める女たち』、『アンドロマケ』、『イオン』、『エレクトラ』、『タウリケのイピゲネイア』、『ヘレネ』、『オレステス』、『バッコスの信女』（この他にデウス・エクス・マキナもどきを持つ作品として『アルケスティス』、『メデイア』も挙げられてよい）。

デウス・エクス・マキナを持つ劇には、冒頭のプロロゴスにも神が登場するものがある。その代表として『ヒッポリュトス』を、またプロロゴスは人間であるが、劇の末尾では神が登場する、すなわちデウス・エクス・マキナ使用の劇の代表としては『オレステス』を考察の対象とすることにする。

まず『ヒッポリュトス』（前四二八年上演）から始めよう。これは不倫の恋の物語である。アテナイ王テセウスの妻パイドラはテセウスの先妻の息子ヒッポリュトスに一目惚れし、恋に陥る。秘めた恋はしかし乳母の見破るところとなり、乳母にそそのかされて相手に告白するに至る（告白の伝達は乳母に任せる）。しかし潔癖な青年ヒッポリュトスはこれを拒否する。屈辱の怒りに燃えたパイドラは、逆にヒッポリュトスから言い寄られ凌辱されたとの偽りの文言を遺書に残して自死する。これを読んで激怒したテセウスは、神に願かけをして息子ヒッポリュトスを呪い殺そうとする。絶命の寸前、アテナ女神が介入し、テセウスに真実を明かして誤解を解く。父子は和解するが、ヒッポリュトスは死ぬ。

これが物語の概要であるが、これを劇の冒頭で女神アプロディテが登場し、ほぼそのまま観客に向けて告げる。神によるプロロゴスである。五七行に及ぶモノローグの語るところは、トロイゼン在のヒッポリュトスが以前にアテナイに赴いた折、アプロディテの謀略でパイドラが彼を見染め、恋の炎に身を焦がすに至ったこと（過去）、いま一家はトロイゼンに住むようになり、パイドラはいよいよ恋の虜となるが、処女神アルテミスを信奉するヒッポリュトスは恋の女神アプロディテの勧奨する恋の歓びは無視していること（現在）、このあと自分（＝アプロディテ）はこの不倫の恋の秘密をテセウスに発《あば》き知らせ、彼をしてヒッポリュトスを呪い殺させ、またパイドラも死に至らせる覚悟であること（未来）、である。過去、現在の状態を予め告知する点は、劇の発端がどのような状況であるかを観客に知らせて劇の世界へ入りやすくさせるという劇の導入部としての一つの効用がある。しかし未来にまで言及し、劇の終結時の状態――パイドラ、ヒッポリュトスの死――まで予知するのは、観客のせっかくの期待と興奮を削ぐことになりはせぬかとの懸念を生じせしめよう。もっとも、実際にはこうした大雑把な筋道以外の成り行きの詳細はわからない仕掛けになっている。何が起きるかは告げられても、それがどのように起きるかは告げられていない、ということである。そしてまた、ここで未来が予告されるのは、告げ手が全知全能の神であるからという、ごく当たり前の事実を確認しておきたい。以上のことはすでに第三章で触れたところでもある（五四頁を参照）。

ではこの劇の最後を占めるデウス・エクス・マキナはどうなっているだろうか。登場する神はアルテミス女神である（従って厳密に言えば、デア・エクス・マキナすなわち機械仕掛けの女神となる）。

舞台は大詰めに近い。パイドラが事実とは正反対の内容の遺書を残して自殺し、遺書を読んだテセウスは悲しみにくれ怒りに燃えてヒッポリュトスに呪いをかける。その呪いのために、トロイゼンを追放されて行くヒッポリュトスが国境近い浜辺で瀕死の重傷を負ったことが使者によって告げられ、テセウスが快哉を叫ぶ場面で、突如予告もなしにアルテミス女神が顕現する（一二八〇行以下）。アルテミスは勝ち誇るテセウスを諫め、パイドラの画策した虚偽を発き、ヒッポリュトスの無実を証明してテセウスの誤解を解く。次いで運び戻されてきたヒッポリュトスに対して慰藉の言葉をかけ、いまとなっては後悔するばかりの父親テセウスとの和解を勧め、またトロイゼン市の輝かしい未来を告げる。

この凡《およ》そ一六〇行に及ぶデウス・エクス・マキナの場面はアルテミスの一方的な告知に終始するものではなく、アルテミス、ヒッポリュトス、テセウス三者の対話形式となっている。さらに、劇の大きな流れとしては、パイドラの死、ヒッポリュトスの受難でおおよそのかたちはついており、父親テセウスの誤解を解くことによって、いわば劇の内的解決を図るというかたちになっている。そしてパイドラとヒッポリュトス二人の死という悲劇的状況は、アルテミスの顕現により清浄な雰囲気の中で多少とも和らげられ、父子の和解もあって観客の気持ちも救われるのであるが、この結果は決してハッピーエンドとは言えない。

劇はアプロディテの計画どおりに進展していく。失恋したパイドラは恨みの遺書を残して死ぬ。その遺書はテセウスを欺き、ヒッポリュトスへの呪いをかけさせ、ヒッポリュトスは破滅する。すべてアプロディテが目論んだとおりである。ではデウス・エクス・マキナの神アルテミスはなぜ登場するのか。というのは、デウス・エクス・マキナという手法は錯綜した劇の筋の解決を主要な任務としているからである。はたしてここには解決を必要とする葛藤はあるだろうか。パイドラは事実を偽る遺書を書き残して恨みを晴らした。彼女の策略は一応成功した。そして死んでいる。解決すべき問題は残っていない。

ヒッポリュトスはどうか。彼もいま死の寸前にあり、その命を救うためならアルテミスの顕現は遅すぎる。アプロディテの目論みは成功し、劇は冒頭で観客に与えられた情報どおりに進展し終結するのである。だからこの劇には、格別に神の力を借りて解決しなければならないような問題は見当たらないように思われる。

しかし一つ問題が残っている。それは観客の心理の問題である。劇はなるほどアプロディテの計画どおりに進展するが、観客の心理はつねに彼女と同じではない。劇中の事件の進展そのものが、観客に心理的屈折を生ましめると言ってもよいかもしれない。つまりヒッポリュトスの受難と破滅が、パイドラの不実な遺書に欺かれ踊らされたテセウスの思い込みによるものという事実に対する観客の心理的苛立ちである（これは心弱い観客の心理的苛立ちと言うべきであろうか。心の強い観客は、人生の悲劇はテセウスのごとき誤解によって生まれ増幅されるものであるという事実に堪えられるし、また慣れてもいる。彼らには何も知らずに振る舞うテセウスの哀れさを感得し賞味するだけの能力がある）。これは主人公ヒッポリュトスへの同情というだけのものではない。虚偽の情報に踊らされている登場人物に対する、真の情報を握っている観客の側からの両者間のギャップに対する苛立ちである。このギャップを埋め、苛立ちを静めるためにアルテミス女神が顕現する。テセウスとヒッポリュトスの和解はその一つの結果にすぎない。後のローマ時代にセネカが書いた『パエドラ』（これは、いまは残存しない第一『ヒッポリュトス』を本歌取りしたものと考えられている。現存の『ヒッポリュトス』はこの第一『ヒッポリュトス』の改作、いわゆる第二『ヒッポリュトス』である）では、神は登場しない。その代わりパエドラ自身が最後まで生きていてテセウスに真相を告げ、そのあと自刃して果てるかたちになっている。パイドラを先に死なせてしまうエウリピデスでは、テセウスの誤解を解く者は神以外誰もいなくなる。アルテミス自ら言うように、「そなたの妻は死ぬことで問い詰められることを避け、／そなたに信じるほかないように仕向けた」（一三三六―一三三七行）のである。だから神が登場するのである。

エウリピデス、セネカの両作品で大きく違うのはパイドラ像の扱いである。一方は早々に舞台から姿を消し、他方は最後まで残る。しかも死の寸前までヒッポリュトスへの恋情を隠そうとしない、「狂おしく、あなたのあとを追ってまいりましょう」（セネカ『パエドラ』、一一八〇行）と。このような、いわば厚顔無恥なパイドラ像をとるかとらぬか、換言すればパイドラを主人公として描くか否かによって、デウス・エクス・マキナを採用するか否かも決まってくることになる。エウリピデスはパイドラを途中で舞台から引っ込め、誤解の解決役としては神アルテミスを登場させた。これはとりもなおさず彼がパイドラ像そのものにこの劇を描く目的を置いたのではなく、この愚かで哀れな女性から生じた誤解の衝撃と波紋をこそ描くのを目的としたからだと思われる。またこの誤解の解消こそ、あのようなプロロゴスを経て劇に参加した観客のたっての要望でもあったのである。

三．『オレステス』の場合

次に『オレステス』（前四〇八年上演）の例を見てみよう。この劇は危機からの脱出をテーマとする劇である。ミュケナイの王子オレステスは、トロイア攻めのギリシア軍の総大将であった父アガメムノンを母クリュタイメストラによって殺されたその復讐に母親を殺す。そのため狂気の発作（母殺しへの良心の呵責）に襲われ、市当局からは死刑判決を受ける。狂気という精神の危機と、死刑という生命の危機、この二つの危機を逃れるために、オレステスはさまざまな策を企て期待と幻滅を繰り返す。そして最後にアポロン神がデウス・エクス・マキナとして現れて、錯綜した筋書きに決着をつける。この劇のプロロゴスには神は登場しない。だから観客はプロロゴスでここまでの筋の展開の情報は貰っていない。オレステス伝説にまつわる凡そのものは予備知識としてあったろうが、劇展開の紆余曲折は予想外のことであったはずで、したがってアポロン神の登場は新鮮な驚きで迎えられたはずである。

この劇でプロロゴスを告げるのは神ではない。登場人物の一人エレクトラ（オレステスの姉）である。七〇行にわたるモノローグの語るところは、自らの属する一族の呪われた過去の系譜、ことに母クリュタイメストラによる父アガメムノンの殺害とエレクトラ、オレステス姉弟による復讐のための母殺しの兇行（過去）、そのため復讐女神エリニュスたちの呪いに取り憑かれて病み衰えたオレステスの惨めな様子、ほぼ死刑と決まった民会での裁きを免れるために頼みの綱として叔父メネラオスのトロイアからの帰還を今や遅しと待ち望んでいる状態（現在）、などである。劇の以後の成り行きは、今日これから民会で裁判が開かれ、死刑は免れそうにないということが僅かに予想されるだけで、あとは未知である。観客の劇の成り行きに対する期待は大きい。

以下アクションの場を経たのち、劇末でアポロン神が登場する。デウス・エクス・マキナである。この出現は劇の筋、流れにとって極めて効果的であると言える。本篇は、延命策に躍起となったオレステス、その協力者ピュラデス、そして姉のエレクトラの三人が万策尽きてヘレネ殺害を企て、またメネラオスとヘレネ夫妻の娘ヘルミオネを人質にして館に籠城しメネラオスと対峙するという、かなり荒っぽい筋立てとなっており、ついにはヘルミオネに剣を突きつけたオレステスがメネラオスとの駆け引きにあわや館に火を放とうとする切迫した場面にまで至る。この時まさに「時の氏神」という格好でアポロン神が顕現し、メネラオスの怒りを制し、オレステスの狂行を止め、一挙に解決を図る。しかもアポロンの出現が唐突であるだけに、余計にそれは効果的である。オレステスらの未来への予言もなされ、劇はまったくハッピーエンドに、むしろ喜劇的と言ってよい雰囲気のうちに終幕する。

このデウス・エクス・マキナが持つ意味は何だろうか。アポロン登場の直前、オレステスはヘルミオネの頸に剣を突きつける一方、ピュラデスに命じて館に火を点けようとしている。まさに一触即発という状況であるが、それはこれまでにさまざま試みてきた脱出手段がことごとく失敗したあげくの最終手段だった。ここで登場するアポロンに求められるのは、神としてのその全能の力である。アポロンはその力を発揮し、争いに決着をつける。懸案であったオレステスの生命の危機の回避は実現する。しかし魂の危機はまだ続く。彼は復讐神エリニュスに追われつつ、さらにギリシア中を彷徨《さまよ》って行かねばならない。そもそも彼は、生命の危機の救主にメネラオス、魂すなわち精神の危機の救主にアポロンを想定していたのだった。それがメネラオスの変心と裏切りのために、代わってアポロンが生命の危機を救ってくれることになったものの、魂すなわち精神の危機のほうは看過されることになったのである。この劇の目的の一つはオレステス救済にあると見てよいが、しかしデウス・エクス・マキナによってもオレステスは完全には救済されない。このことは、留意する必要がある。むしろそれよりも、アポロンの出現はその直前のオレステスらのアナーキーな行動を描くことに作者の意図があったことを示すものではないかと思われる。己の生命の保全のためには何事をなすも厭わぬという若い世代の無頼派の思想と行動――もちろんここには前五世紀末の時代思潮の反映を窺うことができよう――がここに最もよく表れている。これこそ二つの危機からの脱出というこの劇のテーマを彩る一つの側面であって、それがアポロン顕現の直前に置かれることによって観客にはいっそう強く意識されるのである。

先にちょっと触れたように、デウス・エクス・マキナは劇の内容が神話伝承の世界からはみ出さないようにするための枠組みであるとする説がある。これをわたしたち風にアレンジすれば、そうしたデウス・エクス・マキナを使用する作者の意識は、そのデウス・エクス・マキナあるいは神という枠組みのほうにあるのではなく、そうした神を使用しなければならないほど膨張し混乱した劇の内容、すなわち人間たちのアクションの部分にあるということになる。デウス・エクス・マキナ直前の葛藤にこそ意味があるというゆえんである。

いずれにせよ、神という存在は人間を超越した能力を有している。デウス・エクス・マキナはその卓越した力で葛藤を瞬時にして解決する。いま解決と言った。しかしデウス・エクス・マキナはほんとうに葛藤を解決しているのだろうか。

四．解決できない解決法

もう一度『オレステス』に立ち戻ろう。たしかにアポロンは、オレステスとメネラオスとの武力衝突を回避し、両者を和解させる。両者ともアポロンの指図に素直に従い、それまでの経緯を水に流す。その結果オレステスは母殺しの罪の裁きを受けたのち、いずれヘルミオネを娶り、アルゴスを支配することになること、メネラオスはスパルタへ帰ってそこを支配すること、ピュラデスとエレクトラが結婚することなどが告げられる。事態はまったくハッピーエンドとなるのである。しかしこのハッピーエンドは、それまでの劇の内容とは極めて対照的、むしろ違和感さえ生ぜしめると言い得よう。いや、滑稽感さえ漂う。舞台上の人物たちの行動は、神の顕現以前と以後ではギャップがありすぎる。この落差は観客の心理にも当てはまる。

アポロンの顕現は急激な事態の好転をもたらす。これは観客の拍手喝采を呼ぶ現象である。デウス・エクス・マキナの効用の一つに、こういった趣向性があることは否めない事実である。同時にしかしあまりに急激な事態の好転は一種の胡散臭さを感じさせる。じつはそうした観客の心理も計算に入れた上で、作者はアポロンを顕現せしめたのではないか。作者も観客も、アポロンが神であり、神である以上は超人的な能力を保持しており、ゆえに人間界の葛藤を一刀両断に解決できると認めながら、その一方でしかしそう簡単には解決できないのではないか、そもそもこれは次元の違う話ではないかという疑念を捨てきれない。すなわちこれは解決であって解決ではない、見せかけの解決であってじつは何も解決されていないと言うべきではあるまいか。つまり解決されない、未解決であるということは、一見事態は解決し収拾されたように見えながら、ただそう装われているだけであって、問題は残り続けているということである。オレステスとメネラオスとの関係、それは世代間の対立とも言えるし、また利害を第一とする打算によって結びついた党派同士の争いとも言えるが、この対立はアポロン神の出現によって解消される類いのものではない。前五世紀末のアナーキーな世相を如実に反映しているかに見えるこの対立を、アポロンの登場でもって解決させようなどとエウリピデスが考えるわけがない。神は仮のもの、見せかけのものである。作者の真意はそこにあるのではなくて、その直前のアナーキーな闘争そのもの、その活写にこそある。このような闘争は決して簡単に解消することがないこと、それを強く印象づけるために神を登場させるのである。神による解決、神によってしか解決できない解決は、けっきょく解決できないということを意味していることに他ならない。逆説的に言えば、アポロンはこうした事態を、解決するためではなく解決させぬために登場するのである。彼は事態を解決するためではなく、単に劇を終わらせるためにだけ登場するのである。

『ヒッポリュトス』の場合はどうか。デウス・エクス・マキナとして顕現したアルテミスはまずテセウスの誤解を解き、次いで瀕死のまま運び込まれてきたヒッポリュトスの恨み言を聞きつつこれを慰め、仇討ちを約束する。これを聞いたテセウスは真実を知って悔恨の涙を流し、ヒッポリュトスは己の不運を嘆きつつも父と和解し、父を赦して息絶える。これは決してハッピーエンドとは言えないとしても、静謐さの中に一種甘さを湛えた結末と言ってよいかもしれない。だが、はたしてほんとうにそうだろうか。観客はテセウスの誤解の解消は求めても（しかしこれを求めるのは心弱い観客だけかもしれない）、それに加えてヒッポリュトスのこれほどまでに物わかりのよい態度を予想しただろうか。父を赦し、父と和解するヒッポリュトス像は断じてこの劇の求めるところではない。邪恋に狂ったパイドラの餌食となって滅びて行くヒッポリュトス、すなわち敬虔とか節度という価値観に対する赤裸々なエロスの勝利、それを描くのがこの劇の目的だったはずである。アルテミス顕現の直前、怒り覚めやらぬテセウスは瀕死のヒッポリュトスを前にいま一度尋問しようとする。先に（九〇二―一一〇一行）展開された誤解に基づく父子の争いを再現しようとするのである。アルテミスはこれを遮るように顕現する。この誤解に凝り固まったテセウスの理不尽な攻撃を弁解もせずにじっと堪えるヒッポリュトスの救済、これこそデウス・エクス・マキナ使用の意味である。観客はこのヒッポリュトスに同情し、なんとかテセウスの誤解を解きたいと思う。これがアルテミスを呼び出す。しかしこの女神の出現以後、真相を知ったテセウスの悔恨はまだしも、いまわの際にすべてを赦し父と和解するヒッポリュトスの姿は取るに値しないものと写る。気の弱い観客はこの感情過多な結末を是とするかもしれないが、作者の意図はそんなところにはなかったはずである（誤解を解きテセウスが真相を知ったところで、じつは劇は何も解決しないのである。ついでに言えば、テセウスの誤解の解消は観客の要望ではあっても、劇の目的ではない。誤解の解消イコール劇の解決ではない。神が登場しなければテセウスの誤解は続く。ヒッポリュトスの受難も続く。これが劇の意味である。『オレステス』において、もしアポロンの顕現がなければオレステスらのアナーキーな闘争が続行したのと同じである）。デウス・エクス・マキナの内の次の言葉「代わってわたしが、あの神（アプロディテ）のいちばんのお気に入りの／人間をだれかこの手でこの狙い誤たぬ弓を引き、／おまえの仇を討って進ぜましょう」（一四二〇―一四二二行）という復讐宣言こそ秩序回復を示すものであり、こうした秩序の回復こそエウリピデスのデウス・エクス・マキナの本質であるとする説（シュピラ）がある。しかしこれは考えられない。エウリピデスがこうした神的秩序を考えていたとはとても思えない。これはやはり見せかけの解決であって、エロスと敬虔、節度の対立、エロスの犠牲となった男（および女）という構図は残り続けているのである。ただし劇はこれで終わる。

このように見てくると、デウス・エクス・マキナは決して劇を解決するものではないことがわかる。劇を終わらせることと解決することは必ずしも同じことではない。劇を終わらせるのは神を顕現させることによって可能となるが、作者が劇中で提起した問題は、必ずしもそれによって解決されるわけではないのである。

五．エンターテインメント

ここで繰り返し問題になるのは、この劇作技法をエウリピデスが多用した理由である。それを使わずとも劇作は可能であるのに、なぜこれほどまでに多用したのか。その劇作技法としての意味は何か。

現行有力なものとしてシュピラ説がある。これは先にちょっと触れたように、筋の展開の場における登場人物たちの無知と混乱を神の登場によって知と秩序へ収拾するとする秩序復旧説である。この説を援用すれば、デウス・エクス・マキナ劇はかなりうまく説明できる。しかしこれはデウス・エクス・マキナが持つ神性すなわち秩序復旧力を重視するあまり、劇の意味するところを読み誤まる恐れなしとしない。右で見た『ヒッポリュトス』の場合がそれである。そもそも神によって復旧される秩序とはどういうものか。またエウリピデスはそうした世界を果たして認めていたろうか。むしろ彼が好んで描いたのは、そうした世界とは対極的な混沌たる人間界ではなかったか。いずれにせよ、この見方はデウス・エクス・マキナと劇の展開部との間に有機的な関連を見つけようとするものである、とは言える。

一方これに対して、筋の展開部とデウス・エクス・マキナとを分離させて考える立場がある。そしてデウス・エクス・マキナに神の世界を認めるにしても、それは強力な秩序を保持して人間界の出来事に容喙《ようかい》し、その迷妄を匡すといったものではなく、人間界とは次元を異にするもの、双方が各々独立したものであるとする見方である。しかもこのとき両者の関係はアイロニカルに対立しているのではなく、ただ平行的並立的に存在しているとするのである。さらに言えば、筋の展開部の人間界の営みを、デウス・エクス・マキナおよび冒頭の（神の）プロロゴスの部分がちょうど絵画の額縁のように枠となって嵌っているのだとする（シュラーダー）。この考え方は、先のシュピラの神による秩序復旧説に対する痛烈な批判として魅力的である。しかしデウス・エクス・マキナの部分と筋の展開部とをあまりに分離させすぎるのは如何なものだろうか。両者にはやはり有機的な関係はあると見るべきだろう。これまでわたしたちが見てきたとおりである。

以上のことは、なぜエウリピデスはデウス・エクス・マキナおよび神のプロロゴスを使用したかという問題と関わってくる。たとえば『ヒッポリュトス』の筋の展開部はプロロゴスおよびデウス・エクス・マキナからは独立した人間のドラマであり、神の世界はその両端を額縁のように取り巻いているにすぎないとしたり、また『オレステス』で、オレステスの救済はデウス・エクス・マキナ以前の筋の展開部の箇所ですでに確定しており、（メネラオスはオレステスの攻勢にギブアップしており、事態はオレステスの思惑どおりに進みそうでもある）、デウス・エクス・マキナは単なるお添えにすぎないと考えれば、デウス・エクス・マキナは、そして神のプロロゴスもまったく不必要なものとなってしまう。少くともそれが無くても劇は成立する。デウス・エクス・マキナは不必要なのか。とすればなぜ使うのか。

しかしこれに対しては、デウス・エクス・マキナは芝居のなかの一つの趣向であるという答えが用意されている。この「趣向」は観客向けのエンターテインメント、観客サービスと考えてもよい。神の登場を必要以上に深刻なものと捉らえないこの考え方は、これまた魅力的である。そしてこの「趣向」的要素は、ことにエウリピデス後期のロマンス劇と呼ばれる作品群にうまく当て嵌まるところがある。

例を挙げよう。『タウリケのイピゲネイア』である。この劇のプロロゴスを語るのは神ではない。主人公のイピゲネイアである。かつて彼女の父アガメムノンはギリシア軍の総大将としてトロイアへ出陣するおり、アウリスの港で順風を得るために占い師カルカスの言うとおりに自らの娘イピゲネイアをアルテミス女神への人身御供にしようとした。祭壇で刃が彼女の身を貫く寸前、哀れに思ったアルテミスは鹿を身代わりとして密かにイピゲネイアを救い出し、これを北方の蛮族タウロイ人が住む地まで連れて来た（過去）、いま彼女はこの地のアルテミスの神殿の巫女として外来のギリシア人を女神に生贄に捧げる儀式を司る役目である（現在）。以下筋の展開部に入る。弟のオレステスが母親殺しの罪から逃れるための手段として、この地のアルテミスの社に祀ってある女神像を奪い取りにやって来る。たちまち捕らえられたオレステスは、生贄にされるべくイピゲネイアの前へ引き出されて来る。紆余曲折ののち両者は互いに姉弟であることを認知する。あとは姉弟（及びオレステスの親友ピュラデス）が協力して蛮地からの脱出と帰国を図る。生贄オレステスを海水で浄めるためという口実を設け船を手に入れ脱出に成功するかに見えたが、港を出たところで逆風が吹き、再び港内へ押し戻される。蛮地タウロイ人の王トアスはこれを捕縛しようと出動しかける。万事休す、となったところでアテナ女神がデウス・エクス・マキナとして顕現し、逸るトアスを抑え、オレステスらの帰国を保証してやる。

このデウス・エクス・マキナの場のアテナ女神の働き方は『ヒッポリュトス』の場合とは異なる。神のプロロゴスを持たないという点で共通性のある『オレステス』の場合とも同じではない。本篇ではその必要性が一段と増しているように思われる。劇の筋の解決にかかる神アルテミス、すなわちデウス・エクス・マキナの比重ははるかに重いのである。神が顕現しなければ主人公たちは生命の保証もされ得ないほどに、その運命は暗転するからである。しかしこの危機的状況はじつに作為的である。オレステスたち一行は一度は脱出に成功しかける。その時逆風が吹き船を港に押し戻す。

ところが船は、港湾《みなと》の中にあるあいだは
出口へ向けて進んで行きましたが、出口を抜けようとしたとたん、
激しい波にまともにぶつかって押し戻されました。
とつぜん強風が吹きつけてきて
帆を孕ませたからです。

（一三九一―一三九五行）

と、使いの者が報告するとおりである。そして使いの者は蛮族タウロイ人の王トアスに、捕縛のための出動を勧める。

さあ、お出ましを。綱と輪策をご用意願います。
風が落ちて波が静まらないかぎり
あのよそ者どもには助かる望みはありません。

（一四一一―一四一三行）

オレステスらの身に再び危機が訪れる。逆風さえ吹かなければ無事脱出できたのに作者はここで逆風を吹かせ、主人公らを今一度危機的状況に陥れる。劇の末尾でのこの措置はアテナ女神をデウス・

エクス・マキナとして顕現させるためであることは明白である。作者はそれと意図して見せ場、聞かせどころを設けたのである。心優しい観客は先ほどの使者の報告を聞いて肝を潰し、悲鳴をあげたことだろう。また、エウリピデスがこの技法を多用していることを知っている観客はその意図に気づき、その意を汲んで叫んだことだろう、「神様を出せ!」と。そしてその声を待っていたかのようにスケネ(舞台奥の楽屋を兼ねた建物)の屋根高くにアテナ女神が顕現する。場内は拍手と歓声に包まれたことだろう。それを制するかのようにアテナ女神がおもむろに口を切る。

これこれ、いったいどこへ行こうというのです。トアス王よ、
このアテナの言うことを聞きなさい、
追跡は止しなさい。手勢を繰り出すのをやめるのです。

(一四三五―一四三七行)

アテナはさらに言葉を継いで劇全体の収拾を図る。

さてオレステスよ、おまえはわたしの言うところをよく弁えて
――傍に居らずとも神なるわたしの声は聞こえているはず――
神像とおまえの姉とを連れ帰るがよい。

(一四四六―一四四八行)

さあアガメムノンの息子よ、おまえの姉をこの土地から
連れ出すがよい。そしてトアスよ、おまえも怒りを鎮めるのだ。

（一四七三―一四七四行）

トアスはアテナ女神に恭順の意を示す。かくてオレステスらの身の危険は去る。観客はほっと安堵し、胸をなでおろしたことだろう。

作者はこの技法の持つケレン味をたっぷり見せつけて、劇の幕を閉じる。大団円である。ここにおいてこの技法の芝居としての趣向性が明らかとなる。観客は芝居の楽しさ、娯楽性を存分に堪能するのである。

同工の作品に『ヘレネ』（前四一二年上演）がある。トロイアへ行ったのは神が大気から作った幻のヘレネで本物はエジプトに居たという設定で始まるこの劇も、最後は再会した夫メネラオスとともに策略で手に入れた船を使ってエジプト脱出を図ることになる。しかしこのとき港を出る船に逆風は吹かず、脱出は無事成功する。デウス・エクス・マキナとして双子神ディオスコロイが顕現するが、それはヘレネらの脱出を助けるためではなく、脱出に協力したテオノエ（エジプト王テオクリュメノスの妹）が兄のテオクリュメネスから折檻を受けるのを防止するためである。『タウリケのイピゲネイア』の場合とは緊急性の点で弱いと言えるだろう。それだけに『タウリケのイピゲネイア』のデウス・エクス・マキナの特異性が目立つことになる。

ただしかし『ヘレネ』の場合も、デウス・エクス・マキナの存在理由としては、その娯楽性に着目すべきであるかもしれない。というのは、主人公たちの蛮地脱出という脱出劇としての目的と課題は完全に果たされていて、ディオスコロイの出現はその出現すること自体が目的化しているように見えるからである。エジプト王とその妹の角逐は、観客としてはさほど興味のある問題とも思えない。神が顕現することに、むしろ意味を持たせているのである（ただここには若干の問題がある。エンターテインメントとしてだけ処理できない側面もあるからである。詳しくは第七章一七一頁以下を参照されたい）。その点では『タウリケのイピゲネイア』、いやその他すべてのデウス・エクス・マキナ劇はすべて同等であると言ってよかろう。劇の筋の展開との関係性において強弱はあれど、とにかく神が顕現することに意味を持たせるという意味においてである。

本邦の大衆演劇の世界に水戸黄門や遠山金四郎がいる。劇末で彼らが行使する葵の紋の印籠や桜吹雪の刺青はまさにこのデウス・エクス・マキナと同じ役割を果たしている、と考えればこの間の事情は納得していただけようかと思う。その登場によって事件は一件落着し、世の善男善女らは日頃の愁いを雲散霧消させ、快哉を叫ぶ。頻繁な登場はそれ自体がルーティーン化し、それ自体が目的化し、それ自体を見ることに快感が宿ることになる。劇の最後でそれを待ち受けている観客は数多くいたことだろう。

デウス・エクス・マキナはやはり一つの力である。そしてそれは筋の展開部分とは決して無関係ではない。その力、神として持っている力によって劇中の混乱を打破し収拾する。ただしこのとき必ずしも劇の問題を解決するわけではない。劇を終わらせることはできるけれども、劇は解決されないのである。すなわち、逆説的な言い方をすれば、デウス・エクス・マキナは劇を解決できないのである。神が解決に乗り出すということは、解決できないというのと同じことである。デウス・エクス・マキナとは解決不能な解決策である。ただ劇を終わらせるために、幕を引くために必要だった。劇の中で提起されている問題を、解決するのではない、提起したままとにかく劇を終わらせるのである。神でないと止められないほどの葛藤を描くため、そしてそれを止めるためにデウス・エクス・マキナは使用されたと考えられるのである。

そして最後にデウス・エクス・マキナが出現すること自体の持つ娯楽性も作者の意中にあったらしいことも、付け加えておかねばならない。観客がそれを待ち望んでいた（と思われる）ことも。劇の筋書きが要求していないのに、作者はただ出現のためにだけそれを出現させることもあったということである。

第五章　喜劇になり損ねた話

ヘレネを連れ戻すメラネオス

ヘレネの蠱惑的な眼差しに不覚にも剣を取り落とすメラネオス

一・異伝を素材に

エウリピデスに『ヘレネ』（前四一二年上演）という作品がある。ヘレネとはあのトロイア戦争の原因となったスパルタの王妃、絶世の美女ヘレネのことである。彼女はトロイアの若き王子パリスと恋に落ち（この背景には女神アプロディテの姦計があるのだが……）、夫メネラオスの目をかすめてトロイアへと駆け落ちする。コキュとなったメネラオスは実兄アガメムノン（ミュケナイ王）に泣きついてトロイア遠征のギリシア軍を結成してもらい、一〇年間にわたってトロイアの城市を攻め、やっとのことで妻ヘレネを取り戻す――これが通常のヘレネ伝説である。ところがこれとは別の伝承があって、ヘレネはトロイアへは行かなかった、パリスと共にトロイアへ行ったのは神が大気から造った幻のヘレネで、本物はエジプトにいた、というのである。エウリピデスの『ヘレネ』はこの別伝のほうを扱っている。エウリピデスがこの別伝に着目した理由は詳かではない。ただ先例がある。

エウリピデスよりも百年以上も前に活躍した合唱抒情詩の詩人ステシコロス（前六三二／六二八―五五六／五五二年）がその人で、ヘレネ伝説を扱った詩の断片の一部が残っている。

この物語は事実を告げたものではない。
あなたは漕座もよい船に乗り込みはしなかったし、
またトロイアの城砦へは行くこともしなかった。

（断片一九二）

というのがそれである。しかしこれだけではよくわからない、と言われよう。じつは、これはプラトンがその対話篇『パイドロス』で引用した引用断片である（そしてこの三行以外、他にステシコロスのこの詩の詩行は残存しない）。いま少し詳しい事情を知るためにプラトンの当該箇所を見てみることにする。

物語をするにあたって過ちを犯した人には、それを浄める法が昔からある。ホメロスはそれを知らなかったが、ステシコロスは弁えていた。つまり彼がヘレネのことを悪く言ったために両眼の視力を奪われたとき、ホメロスのようにそのわけを不問のままにしておかずに、そこはムーサの徒であるだけに原因を突きとめ、ただちに次のような詩を作った。【右の三行断片】そしてこの『歌い直しの歌（パリノディア）』と呼ばれる詩をすっかり作り終えるや、たちどころにその視力を取り戻したのであった。

（プラトン『パイドロス』二四三A）

これによるとステシコロスは詩作の際に過ちを犯したために神罰を受けて両眼の視力を失ったが、過ちを訂正する詩を改めて書き直したところ、あら不思議や、たちまち視力は元に戻ったというのである。過ちというのはヘレネを悪く書いたこと、すなわち従来の伝承どおりに悪女ヘレネ——その不身持ちゆえにトロイア戦争を引き起こし、数多の人間を戦場の露と消えさせた女――を描いたことを指す。残存断片はこれを改め、彼女はトロイアへは行かなかったとして伝承の根幹を否定したことを示している。ただしそれ以外のこと、つまり彼女のそれ以外の行動は不明である。この話は創作という行為にまつわるさまざまな思惑を包含し示唆しているように思われるが、そのことはいまはさて措く。

エウリピデスがこのステシコロスに直接倣ったか否かは不明だが、彼もまた『ヘレネ』において、従来の悪女ヘレネに代えて貞女ヘレネを描いた。ヘラ女神の差配でエジプトへ連れて来られたヘレネは、いま土地の王テオクリュノメノスの執拗な求婚に悩まされている。一方彼女は、自分とは違う幻のヘレネの争奪をめぐってトロイアの地で大量の血が流され続けていることに心を傷めている。そこへ夫メラネオスが幻のヘレネを連れて姿を現す。トロイアからの帰途、難破してエジプトに漂着したのだ。念願の夫婦再会が実現する。いや、もう一人（幻の）ヘレネが存在するために、互いの認知はスムーズにいかない。紆余曲折を経てやっと夫婦の認知が済んだのち、二人は策略を用いてテオクリュメノスを欺き、エジプトの地からの脱出に成功し、大団円となる。

この劇は通常ロマンス劇と呼ばれるジャンルに属する。第四章でちょっと触れた『タウリケのイピゲネイア』と同工の作品と言ってよい。蛮族の住む地に囚われの身となっているギリシア人が、そこへやって来た身内（姉弟や夫婦）と再会し、互いに協力して策略を用いて脱出に成功するというのがその凡《およ》その筋書きである。いま異郷の地エジプトに一人あって、いわれなき悪名を背負わされながら、ひたすら夫メラネオスの救出を待つ薄幸の美女、そして貞女ヘレネ。観客は彼女の行く末を固唾を呑んで見守る。ここにはわたしたちが悲劇という言葉からイメージするものとは少し距離があると感じられるかもしれない。むしろ浪漫性と煽情性に満ちた娯楽劇といった趣が強いが、一時エウリピデスはこの種の作品を好んで書いた。それはそれとして、さてここで問題視したいのはヘレネとメネラオスとの再会時のいざこざである。アナグノリシス（再認すなわち主要人物二人が互いの関係を認知しあうこと）とペリペテイア（劇の筋の急激な転回）は悲劇の重要な構成要素であるとは、アリストテレスの主張するところであるが（『詩学』一四五〇b、一四五二ab）、本篇におけるそのアナグノリシスがどのような様態のものか、考察してみたい。いざこざの解明である。

二．二人のヘレネ

トロイアからの帰途、難破してエジプトに漂着したメネラオスは、海岸の洞窟に妻ヘレネと部下の者らを残し、援けを求めて単身土地の王テオクリュメノスの館へとやって来る。そしてそこでまた妻ヘレネと出会う。海岸に残して来たヘレネは、神が大気から造った幻のヘレネである（それと知らず彼はそれをトロイアから奪い返して来たのである）。一方、エジプトで出会ったヘレネは、これこそ本物のヘレネである。しかしこの間の経緯を知らないメネラオスは二人目のヘレネの登場に驚きとまどう。彼は彼女と会ったとき「これほど（妻に）よく似た姿はこれまでに見たことない」（五五九行）、「女子《おみなご》よ、そなたはヘレネそっくりと見た」（五六三行）と言う。しかしトロイアから連れ帰った妻ヘレネをいま海岸の洞窟に置いてきているという「明白な事実」（五七七行）が目前の女性を（本物の）

ヘレネであると認知することを妨げる。そして二つのヘレネ像に混乱させられた彼はついに「自分の目が病んでいるのではないか」（五七五行）とまで言うに至る。この「目が病む」という言葉はいかにも寓意的である。いま彼の目は決して病んでいるわけではない。本物のヘレネをヘレネに酷似したものと捉えている。しかしそれをヘレネであると断定し、認識することはできない。海岸の洞窟にいるヘレネをヘレネと思い込んでいるからである。むしろそのトロイアでヘレネを捉えた目のほうが病んでいたと言えるだろう。幻のヘレネを本物と思い込まされたからである。この事例は見ることが必ずしも認識につながるものではないことを示している。ここに見ること、すなわち知の力の衰退を読み取り、それに本篇上演時（前四一二年）のアテナイを取り巻く精神的状況を重ね合わせて考察すれば前五世紀末アテナイにおける「知」という伝統的価値観の衰退と混乱という興味深い問題につながってくるのだが、そのことはすでに別のところで論じてある（拙著『ギリシア悲劇』中公新書、二一九頁以下）のでここでは繰り返さない。この箇所をここで取り上げた筆者の意図は別のところにある。

それは相似した二人のヘレネが周囲に惹き起こす混乱への注目である。しかもこの混乱にはおかしみが伴っている、そういう混乱である。じつは相似した二人のヘレネに振りまわされるのはメネラオスだけではない。トロイア戦争の英雄アイアスの弟テウクロスもそうである。劇ではメネラオスより前にまずこのテウクロスが登場し、ヘレネと相対する。テウクロスはサラミス島の王テラモンの子で、兄アイアスともどもトロイア遠征に参加した男である。帰国後父テラモンの勘気をこうむって故国追放となり、キュプロス島へ亡命する途次、エジプトに立ち寄り、ヘレネと遭遇した——そういう設定になっている。彼もまたトロイアで見たヘレネとそっくりのヘレネをエジプトで目にして驚く。自分たちギリシア兵に辛酸を嘗めさせた憎いヘレネが今ここにいると。しかしそれをヘレネから（自分はトロイアのヘレネではないと）否定されると、たちまち前言を撤回する、「間違った。怒りにまかせて度を超した」（八〇行）と。かつてその目で見たトロイアのヘレネ像に固執するからである。けっきょく彼は、エジプトで出会ったヘレネこそ本物のヘレネであることを知らぬままキュプロスへと発って行く。

一方、メネラオスとヘレネのアナグノリシス（再認）は、海岸の洞窟に隠していた幻のヘレネが天空へと消え去ること、すなわち偽物のヘレネが消失することによってメラネオスの迷妄と誤解が解け、目出たく成立することになる。

真実がそこにあるのにそこへ到達せず、その周囲をうろうろと徘徊する姿は滑稽なものである。テウクロスもまたメネラオスの場合も、状況はけっこう深刻なものであるのに、第三者には滑稽なものに見える。悲運の亡命者テウクロスも、疲れ果てた難破者メネラオスも、ヘレネを目にしたとたん、その真面目面を間抜け面に変えてしまうのである。人の世の出来事はすべからく見る角度を変えただけで悲劇と見えたり喜劇と見えたりする。いまもしエウリピデスがこの夫婦の認知をめぐる騒動を少し角度を変えて描けば、喜劇『ヘレネ』が誕生していたかもしれない。相似する二人の人物を周囲の人間が取り違えることで起こる騒動は、のちの喜劇で典型的な手法の一つ「取り違え（クイ・プロ・クオ）」として確立した。それに近いものが、それの原初的なものが、この『ヘレネ』にある。しかしエウリピデスが描いたのは悲劇『ヘレネ』であって、喜劇『ヘレネ』ではなかった。

三. 取り違え（クイ・プロ・クオ）

ギリシア悲劇の作家は喜劇を書かなかった。またギリシア喜劇の作家は悲劇を書かなかった。どうやら暗黙裡に（?）その職掌は分離されていたようである。このことに関しては一つ興味深い話がある。分離反対論である。悲劇作家が喜劇を書いてもよいし、喜劇作家が悲劇を書いてもよいのではないかと言うのである。それを言っているのはプラトンである。その対話篇の一つ『饗宴』の最後の方（二二三CD）に次のような一節がある。

そして（アリストデモスが）目を覚ましてみると、ほかの連中は眠っていたり、帰ってしまったりしていたが、アガトンとアリストパネスとソクラテスだけはおきていて、大盃を右に順々に廻しながら、それを飲んでいた。そしてソクラテスは、彼らと何か話し合っていたのだ。ところでアリストデモスは初めから立ち合っていなかったし、居睡りもしていたから、ほかのいろいろな点ではその話を憶えてはいないが、これを要するに、喜劇と悲劇を作る技術の心得は同一人に属し、技術をもって悲劇を作る者はまた喜劇作家でもある、ということを認めるよう、彼らに強いていたのだ。ところで、彼らはそれを強いられながらも、あまりはかばかしくついて行けず、居睡りをしだした。まずアリストパネスが眠り、もう陽が昇ったときにアガトンが眠った。そこでソクラテスは彼らを寝つかせ、それから、立ち上がって去って行った。

（鈴木照雄訳、『プラトン全集5』、岩波書店）

アガトンは悲劇作家、アリストパネスは喜劇作家、そしてソクラテスはあの哲学者ソクラテスである。この話の日時設定は前四一六年春となっている。この年の悲劇の競演会でアガトンが優勝し、その祝賀の宴会がアガトン邸で開かれ、そこへアリストパネスもソクラテスも客として招ばれたのである。もちろんそのほかにも沢山の客があった。そしてその席上議論となったテーマはエロス論だった。古代ギリシアの人間たちはしばしばこういう宴会を催した。知人友人が相集い食事を共にしたあと、酒を飲みながら議論にふけったのである。これをシュンポシオン（酒を飲みつつ議論するとの意。饗宴と訳される。近代語のシンポジウムはこれに由来する）と称した。この日酒の入った宴会とは思えないほど高邁なエロス論が展開され、さすがに皆疲れ果てて眠り込んだあと、残った三人が右のような話をしたというのである。主題のエロス論とは一見無関係な話を、対話篇の最後になぜプラトンは付け加えたのか。その意図の穿鑿《せんさく》はここでは控える。問題はその中身である。

宴も果てようという明け方、悲劇作家のアガトンと喜劇作家のアリストパネスが偶々起きていた（このあたりいかにも作為的に見えるが）のを哲学者ソクラテス（この人は酒豪とされていた）がつかまえて、悲劇であれ喜劇であれ演劇作技法の心得のある者は悲劇も喜劇も書けるし、書いてもよいのではないかと提案（むしろ挑発）した。しかし肝心の当事者たちは眠気と酔いに負けてろくすっぽ返事をしなかった。けっきょく議論はそれ以上発展しないのだが、現代最高の知性の一人、哲学者のオルテガ・イ・ガセーは、プラトンはここで小説というジャンルの萌芽を示唆しているのだと言っている（Ortega y Gasset, J., *Meditaciónes del Quijote, Ideas sobre la Novela*, Madrid, 1964, p.152)。これは魅惑的で興味深い指摘ではあるが、ここではちょっと措いておく。ここで重要視したいのは、一人の作家が、もしそうする意図があれば悲劇も喜劇も書けるという至極当たり前な主張である。現にシェークスピアはそれを実践している。彼は悲劇も書いたし、喜劇も書いた。しかし古代ギリシアの劇作家はそれをしなかった。悲劇と喜劇双方のテリトリーを厳格に守ってそれぞれの仕事をし、互いに余所のテリトリーに侵入することはしなかったのである。ソクラテス（すなわち筆者プラトン）はそこを問題視した。

人の世の出来事は、見る角度を少しずらすだけで悲劇とも見え、また喜劇とも見える。一つの素材を一人の作家が悲劇と喜劇に仕立て上げた作品例は残っていないが、同一素材を別々の作家がそれぞれ悲劇と喜劇にした例はある。その素材とはアンピトリュオンとその妻アルクメネの神話物語である。アルクメネに横恋慕した神ゼウスは夫アンピトリュオンの留守中にアンピトリュオンに化けてアルクメネの許を訪れ、三日三晩床を共にした。帰宅したアンピトリュオンは妻の不貞に気づき、これを殺そうと計るが、神の力に阻止され、赦すことになるという話である。これを素材にソポクレスは悲劇『アンピトリュオン』を、またエウリピデスも悲劇『アルクメネ』を書いた（いずれも極小断片のみ残存）。一方喜劇作家のアルキッポス（前五世紀末に活躍したギリシア古喜劇の作家）は喜劇『アンピトリュオン』（極小断片）、同じく喜劇作家のプラトン（前五世紀末に活躍したギリシア古喜劇の作家。右の高名な哲学者とは別人）は喜劇『長い夜』（極小断片）を書いた。悲劇、喜劇双方ともこれら四作品は小断片しか残っていないので、この素材をそれぞれどのように仕立て上げたかその経緯のほどは不明である。一つ推測できることは、物語に登場する二人のアンピトリュオン（一人は本物、他はゼウス神が化けた偽物）の扱いが悲劇となるか喜劇となるかの別れ目となっただろうということである。神の気まぐれと身勝手が人間世界に及ぼす影響を深刻に考えれば（じっさい深刻な問題であるが）、この素材は悲劇になる。一方、神のいたずらは決して笑って赦せるものではないけれども、相似の二人のアンピトリュオンが引き起こす混乱だけに着目して描けば、この素材は喜劇となろう。

いや、推測だけで終わらせる必要はない。時代は少し下がるが、ローマ時代の喜劇作家プラウトゥス（前二五四頃―一八四年）がこの物語を素材にして喜劇『アンピトルオ（＝アンピトリュオン）』を書いている。そしてこれは完璧な形で残存している。それを見ると偽物の夫アンピトルオが介在することによって起きるアンピトルオ・アルクメナ（＝アルクメネ）夫婦の関係の齟齬、その頓珍漢な話の遣り取りが笑いを呼ぶ仕掛けになっている。その触《さわ》りをちょっと引いてみよう。偽アンピトルオをたった今家から送り出したばかりの妻アルクメナと、長い遠征から我が家に帰り着いた本物のアンピトルオとの会話である。

アンピトルオ　お前はわしが昨日着いたというんだな？

アルクメナ　今日出ていかなかったとおっしゃるの？

アンピトルオ　そう、わしは今初めてお前の元に戻ってきたのだ。

アルクメナ　ではあなたは今日贈り物として私に金の杯をくださったことも否定なさるの？　あちらで贈られたとかおっしゃっていたのに。

アンピトルオ　杯を贈りもしなけりゃ話したこともない。だが、あの杯をお前に贈るつもりではいたし、今もその気持ちに変わりはない。一体誰が話したんだ？

アルクメナ　あなたから聞いて、あなたの手からその杯を受け取りました。

（七五八―七六五行、木村健治訳、『ローマ喜劇集1』、京都大学学術出版会）

これが「取り違え（クイ・プロ・クオ）」と呼ばれる喜劇の手法である。アルクメナは、先の偽のアンピトルオと今の本物のアンピトルオを同一人物と見なしている。一方アンピトルオのほうは偽のアンピトルオが存在することを知らない。それゆえ相手の話が理解できず狐につままれた状態になる。かくして両者の思惑と会話は噛み合わない。その間の事情を知っている第三者（観客）にはその齟齬が笑いを呼ぶ。

先のメラネオスも大気から造られた幻のヘレネを本物と思い込んだ。それゆえに本物を見てもそれが本物であると認識できなかった。いまのアルクメナと同じである。しかしエウリピデスはプラウトゥスのように、この取り違え現象に喜劇的発展を加えることはしなかった。

四・偶然か作為か

もう一つ「取り違え」の例を引きたい。同じくプラウトゥスの『メナエクムス兄弟』である。双子の兄弟を持つシチリア島の商人がいた。双子の一人が人攫いにあい、父親も死んでしまう。残された双子の片割れを祖父が育て、ソシクレスという名前を人攫いにあったほうと同じメナエクムスと変える。成長したメナエクムスは兄弟を捜して旅に出、エピダムヌス（アドリア海北岸の町）に至り、そこで生存していた兄弟と出会う。町の人間が二人を取り違え、混乱が起きるが、最後は互いに兄弟であることを認知し大団円となる。これが劇の概略である。

『ヘレネ』では神が大気から本物そっくりのヘレネを造った。『アンピトルオ』ではゼウス神が人間アンピトルオに化けた。今度は相似の双生児の登場である。ここで作者は酷似する人物を創出するのに神という超自然的な力は排除しているが、双生児といういわば偶然性を借用している。この双生児というアイデアは何もプラウトゥスの創案ではない。すでに先輩のギリシア喜劇で『ディデュモイ（男の双生児）』、『ディデュマイ（女の双生児）』という作品が、メナンドロスをはじめ多くの作家によって書かれている（ただし散佚）。『メナエクムス兄弟』もその系譜の上にある。

ローマ喜劇は、まずそのほとんどがギリシア喜劇（殊に中期喜劇、新喜劇）から筋、内容をそっくり借りたいわば本歌取り、焼き直しと言ってよい。登場人物はギリシア人、場所はアテナイあるいはそれに関連するギリシアの地で、ただラテン語で書かれていることだけが違っていた。だから模作の元になった原典があるわけで、本篇でもそれがあったはずであるが、それが何であったかは明確にはわかっていない。

閑話休題。今度は相似の双生児の登場である。周囲の人間がこれを取り違え、混乱が起きる。人攫いとか、父親の死、あるいは離ればなれの兄弟の再会という事件は元来悲劇の対象となる事象だろう。それがここでは「取り違え」による喜劇的な現象を創出するための背景と化してしまっている。その「取り違え」の妙を示すところを、一、二引いてみよう。

まずは以下の場面である。メナエクムスB（旧名ソシクレス。祖父によってメナエクムスと改名させられたが、本物のメナエクムスと区別するために、ここではメナエクムスBとする。本物はメナエクムスAとする）が、エピダムヌスの町でメナエクムスAの家の食客ペニクルスにメナエクムスAと間違われる場面である。

メナエクムスB
おい、どうか答えてくれ。名前は何というんだ？

ペニクルス
私の名前を知らないふりをして、からかうんですかい。

メナエクムスB
とんでもない。僕の知るかぎり、今日まで君を見も知りもしなかった。しかし、君が誰であるにしても、もし訳のわかったことをするのであれば、僕に嫌なふるまいはするな。

ペニクルス
メナエクムス、目をさませ。

メナエクムスB
目をさましているよ。それだけはよくわかっている。

ペニクルス
私を知らないだって？

メナエクムスB
知ってれば、そうは言わないよ。

ペニクルス
自分の食客を知らないのか。

メナエクムスB
おい、どうも君はおつむがいかれてるね。

(四九八―五〇六行、岩崎務訳、『ローマ喜劇集2』、京都大学学術出版会)

こうした「取り違え」はメナエクムスBがメナエクムスAの愛人エロティウムと会ったときにも生じるし、またメナエクムスAの正妻と会ったときにも生じる。つまりエピダムヌスの町の人間がメナエクムスBをメナエクムスAと取り違える、取り違えざるを得ないゆえに、混乱が生じ笑いが生じるのである。

次はA、B、二人のメナエクムスが互いに顔を合わせる場面である。

メナエクムスB　お前は気が変になったようだね。今日は僕と一緒に船から陸に上がったのをおぼえていないのか。

メッセニオ（メナエクムスBの奴隷）　そうだ、ごもっとも。あなたがご主人だ。（メナエクムスAに）あなたは自分の奴隷をお捜しください。（メナクムスBに）今日は。（メナエクムスAに）さようなら。

メナエクムスA　（メナクムスBを指して）こちらがメナエクムス様だと宣言します。

メナエクムスB　いや、僕がそうだ。

君の言ってることは何なんだ。

君がメナエクムスだって?

メナエクムスA

そうだ、モスクスの息子さ。

メナエクムスB

それじゃ、僕の親父の息子なのか。

メナエクムスA

いや、君、僕の親父だよ。

君の親父を自分のものにしたり、奪い取ったりする気はないよ。

メッセニオ（傍白）

神様方、期待していなかったけれど、ひょっとしたらと今思いかけている希望を実現してください。

だって、もし思い違いでなければ、この二人は双子の兄弟なんだ。

二人が自分の父、自分の国だと言ってるものが等しく一致している。

（一〇七四―一〇八三行、岩崎務訳、同右）

これは厳密に言えば取り違えの場ではない。むしろ再認（互いに相手を認知すること）の場、その直前の場である。すでにメッセニオは二人が兄弟であることに気づき始めているが、このあとメッセニオの誘導よろしきを得て次々と事実が明らかとなり、二人は互いに兄弟であることを認知する。そして劇は大団円となる。

『アンピトルオ』ではこのように真贋二人のアンピトルオが対決する場面はない。神と人間というその存在する場の位相が違う二人であることと、またそれゆえにか、互いに再認を必要とするような状況にないためだろう。アンピトルオのいちばんの関心事、妻アルクメナの不貞の相手の追究は真贋二人のアンピトルオの対決によって成就されるのではなく、劇の最後に偽アンピトルオ、すなわちユピテル（＝ゼウス）神がちょうどギリシア悲劇のデウス・エクス・マキナ（機械仕掛けの神）よろしく登場し、すべての経緯を明かすことによって成就される。ここで人間アンピトルオの疑惑と嫉妬は氷解することになるのである。

『メナエクムス兄弟』はルネサンス以降の近世、近代の演劇界で最も人気の高い古代喜劇作品の一つとなった。シェークスピアがこれを下敷きにして喜劇『間違いの喜劇』（一五九〇―一五九三年頃初演）を書いたことはよく知られていよう。劇の舞台はイオニアのエペソスに変わっているが、筋の設定はほぼ同じである。シシリー島のシラクサからエペソスへやってきたアンティフォラス弟が双生の兄アンティフォラスと紆余曲折ののちに目出たく再会するという話であるが、双方にまた双子の召使ドローミオ兄弟がついているために混乱は二重三重となる。『メナエクムス兄弟』になかった双子の召使という設定は、同じプラウトゥスの『アンピトルオ』からの借用だろう。遅まきながら付け加えるが、『アンピトルオ』では神メルクリウスがアンピトルオの召使ソシアに化けて登場しているのである。

シェークスピアにはまた『十二夜』(一六〇二年初演)という喜劇がある。これも取り違え劇であるが、『間違いの喜劇』とは少し趣向が異なる。つまり取り違えが引き起こされるのは相似の双生児のゆえではなく、兄妹(セバスチャンとヴァイオラ)の妹のほうが男装することによって相似の兄弟を現出せしめ、取り違えを起こさせるという設定になっている。これは双生児という偶然性を利用した取り違えではなく、変装という作為的行為による取り違えであると言える。手の込んだ細工と言えるかもしれないが、『アンピトリュオン』でゼウスが人間に化けることや、『ヘレネ』で大気から造られた幻のヘレネなどをその先蹤《せんしょう》と考えることも、あるいはできそうである。

五.非悲劇的な劇

さて、その『ヘレネ』にもう一度話を戻そう。エウリピデスは相似の人物二人を劇に登場させながら、その二人が周囲に引き起こす混乱、すなわち取り違えという現象をさらに発展させて喜劇作品に仕立てることはしなかった。『アンピトルオ』を書いたプラウトゥスならこのヘレネ伝説をどう処理したろうか。いや、わたしたちにもし任せられたとしたら、どう処理したらよかろうか。

現行の『ヘレネ』では、大気から造られた偽物ヘレネは舞台上に姿を見せない。海岸の洞窟に居残ったままである。これを舞台上に引っ張って来て、真贋二人のヘレネを目前にしたメラネオスが存分に翻弄される場面を設定すれば、これは喜劇となろう。ただこの場合、偽の幻のヘレネが消える夕イミングと意味づけが問題となる。

また現行の『ヘレネ』では、ヘレネは土地の王テオクリュメノスからしつこく求婚されて困惑している。ヘレネはテオクリュメノスの妹テオノエを説いて味方につけ、その協力を得て夫メネラオスともどもエジプトを脱出することで、テオクリュメノスの執拗な求婚からも逃れることになる。このテオクリュメノスに偽のもう一人のヘレネを替え玉としてあてがい、その執着心を一時的に満たしてやるというのはどうだろう。虚仮《こけ》にされたテオクリュメノスはじゅうぶん笑いの対象になるだろう。この場合はしかし、メネラオスと本物のヘレネとの再認をいつどうするか、それとの関連で偽の幻のヘレネをいつどのように消失させるか、ひと工夫要るだろう。

ことほどさようにいろいろ考えることはできる。また他にも面白い設定が考えられるかもしれない。いずれにせよ、プラウトゥスの『アンピトルオ』、『メナエクムス兄弟』などと同工の内容のものが考えられると思われる。ただ残念ながら、プラウトゥスは喜劇『ヘレネ』は書いていない。

ところで先に触れたプラトンの『饗宴』の最後の場面だが、あそこでプラトンはソクラテスにだけ喋らせて、アガトンとアリストパネスには喋らせなかった。酒の酔いと睡魔のせいにして、肝心の実作者の意見は開陳させなかった。これは片手落ちというものだろう。それでというわけではないが、お節介ながら少し補足しておこう。喜劇作家アリストパネスが別のところで次のように言っている箇所がある。

エウリピデス

さらに劇のはじめから無駄な話は一字一句置かないようにした。
わたしの劇では女も奴隷も、また主人も乙女も、老女までも
みな負けず劣らずものを言うのだ。

アイスキュロス　いやはや
そんな大胆な真似をして、お前さん殺されたって文句言えんぞ。

エウリピデス　どういたいまして。
だってこれは民主的なんだから。

（『蛙』九四八―九五二行）

喜劇『蛙』（前四〇五年上演）は、前年（前四〇六年）にエウリピデスとソポクレスを相次いで失い、灯が消えたようになったアテナイの演劇界を愁えた演劇の神ディオニュソスが、冥界へ降りて行って三大悲劇作家の誰か一人を（アイスキュロスは五〇年前にすでに他界していた）この世に連れて戻り、活況を取り戻すべく画策するという、真に奇想天外な設定の劇である。そしてその大半はアイスキュロスとエウリピデス両者の作品、作風の品定めとなっている。好ましいほうを冥界から連れ戻そうというわけである。右の引用はその中の一節で、アイスキュロスの劇のもったいぶった大仰な構成とせりふ廻しを否定して、エウリピデスが自分の作品の特徴（その一端）を語る（作者アリスト

パネスが登場人物のエウリピデスに語らせている）ところである。要約すれば脇役たちの抬頭ということになろう。たしかにエウリピデスの作品、ことに後期の作品では、多彩な脇役の登場が目立つ。しかもそれが劇中でけっこう重要な役割を果たしている。『ヒッポリュトス』（前四二八年上演）の乳母などはその典型だろう。彼女が出しゃ張って不倫の恋の取り持ちをしたために、パイドラもヒッポリュトスも悲惨な結末を迎えることになる。この『ヘレネ』にもエジプト王テオクリュメノスの館の門番の老婆、またテオクリュメノスが自分を裏切った妹テオノエを折檻しようとするのを阻止する従僕など名もなき奴隷身分の脇役たちが登場している。後者の従僕などは堂々たる正論を吐いて、主人のテオクリュメノスをやり込める。そしてその結果、神の登場（デウス・エクス・マキナ）が余儀なくさせられるまでに至る。

エウリピデスの劇には、このように多彩な脇役が登場する。しかも彼らのそれぞれは自己主張が強い。しかしそれは死を招きかねない（とは大袈裟であるが）革新的なこと、言ってみれば悲劇の常識を破りかねないことだった。老若男女、身分の違いを越えて多数の人物にせりふを割り当てるのは、劇に非悲劇的な情趣を醸成するのに寄与することになる。召使、食客、料理人、遊女らの活躍は喜劇を特徴づける一現象である。アリストパネス『騎士』の召使パプラゴニア人、『蛙』の召使クサンティアス、メナンドロスの『辻裁判』の遊女ハブロトノン、中期喜劇、新喜劇に登場する名もなき料理人、食客たち、またローマ喜劇ではテレンティウスの『ポルミオ』の食客ポルミオなど枚挙に暇がない。召使の活躍は喜劇の一特徴である。近代劇でもそれは変わりない。モリエールのスカパンが、またシェークスピアの『間違いの喜劇』の召使ドローミオ兄弟がそれである。先のアリストパネス

『蛙』の引用は、喜劇の一歩手前まで来ているこのエウリピデス劇の特徴をアリストパネスが早くに摑んでいたことを示している。しかしプラトンはこのアリストパネスに発言させなかった。

エウリピデスより約百年後に活躍したギリシア新喜劇の作家メナンドロスは、こうしたエウリピデスの後期作品の特色や雰囲気を引き継いでいると、よく言われる。そこで描かれている若い夫婦、召使、料理人、遊女、頑固親父たちの行状、また捨て子、男女間の誤解、痴話喧嘩、親子の対立といった彼ら市井の庶民が繰り広げる生活誌、人情話は、なるほどエウリピデスの作風の一端と似通うものがないではない。エウリピデスの後期作品のいくつかが示す世界は、あるいはそこで描かれている人間は、自らを取り巻く世界との関係、あるいは人間同士のあり方に悩み苦しみ、死生観を模索する、そういういわば選ばれた人間たちでは、もはやない。そこに居るのはもっと身近な親子や夫婦関係に傷つき悩む、わたしたちの周囲のどこにも居そうな一般の庶民である。神話伝承の世界に場所を借りてはいても、登場人間たちの言辞様態は前五世紀末のアテナイの庶民のそれと変わるところがない。エウリピデスは作中でそうした等身大の人間たちを描き始めた。『ヘレネ』は、もはや言うところの悲劇ではない。さりとて喜劇ではない。非悲劇的な劇、さりとて喜劇とも言い切れる劇でもない。エウリピデスは喜劇『ヘレネ』は書かなかった。相似する二人のヘレネを使えば取り違えの喜劇を書くことができそうに思えるのに、そうしなかった、その意思がおそらくなかったせいである。『ヘレネ』は『メデイア』とも『ヒッポリュトス』とも違う、『オイディプス』とも違う。そういう雰囲気を持った劇である（何よりもヘレネは自らの運勢、その行く末を知ってしまっている。「おまえはいずれ夫ともども名高いスパルタの地に戻り住むことになろう」とヘルメス神から聞かされていると、彼女自身そう言っている。予定調和の世界では悲劇は生じ得ない）。エウリピデスは正式には「取り違え（クイ・プロ・クオ）」という手法は使わなかったが、すでにこうした非悲劇的世界に筆を染めている。その意味ではプラトンが書いたソクラテスの提案を受け入れていると言ってよいかもしれない。あるいはこれはオルテガが指摘する小説的世界を、むしろ先取りするものと言ってよいかもしれない。ただわたしたちとしては異伝ヘレネを素材に取り違え劇『ヘレネ』を書いてほしかったと思うのだが、これは無いものねだり以外の何ものでもないだろう。

改めて言うまでもないが、取り違え（クイ・プロ・クオ）というのは、考えて見れば名辞《オノマ》と事物《プラグマ》との乖離、すなわち脳中に思っていること（観念）と目の前にある事実との食い違いということである。そしてそれを認識するということである。これは考えようによっては深刻な問題であるし、また状況によっては至極滑稽なことである。

トゥキュディデスは、ペロポネソス戦争たけなわの前五世紀末の世相を端的に表す現象の一つにこの名辞と事物の乖離を挙げている。

やがては、言葉すら本来それが意味するとされていた対象を改め、それを用いる人の行動に即してべつの意味をもつこととなった。たとえば、無思慮な暴勇が、愛党的な勇気と呼ばれるようになり、これに対して、先を見通して躇《ため》うことは臆病者のかくれみの、と思われた。

（『歴史』巻三、八二、久保正彰訳、岩波文庫）

エウリピデスは、知性の衰退を示すこの時代相を『ヘレネ』という悲劇作品に仕立てて描き出した。

一方、名辞と事物の乖離現象の現象それ自体をドラマトゥルギーの一機能と捉えれば、ヘレネ伝説も一つの喜劇となる（はずである）。その際、時代背景は無関係である。ローマ喜劇の『アムピトルオ』や『メナエクムス兄弟』は取り違え劇の典型であるが、これこそ名辞と事物の乖離現象をドラマの一つの機能と捉えて描いたものである。劇の場はローマ喜劇の常でギリシア及びその関連地域であり、登場人物はギリシア人であるが、この機能が生み出す笑いはローマ人をも笑わせることができたのである。

第六章　もの言わぬ俳優もしくは雄弁なる沈黙

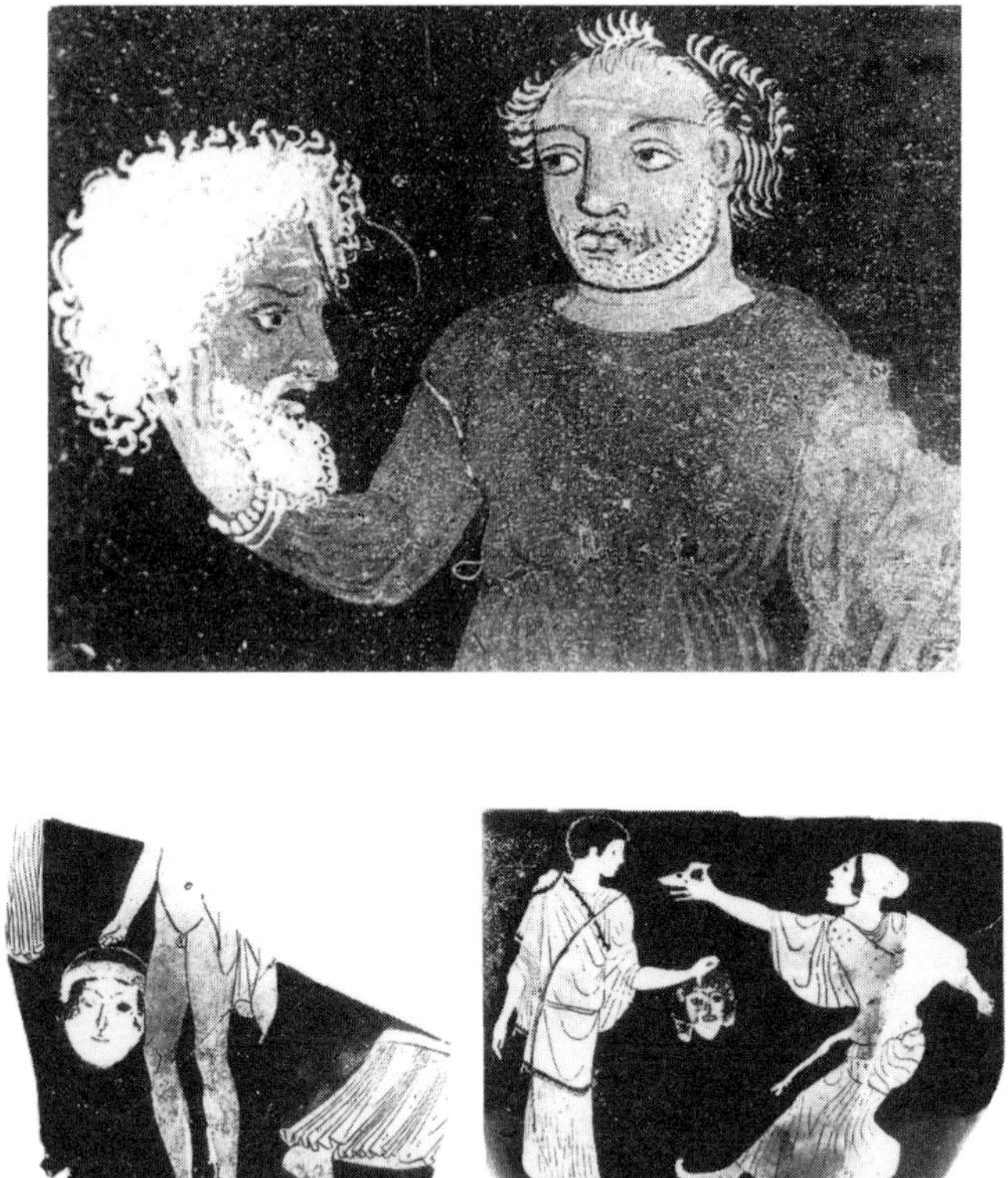

仮面を持つ俳優

一・俳優は三人だけ

　ギリシア悲劇では一つの作品に出演する俳優は三人と決まっていた。劇の登場人物が三人以内であればことは足りるわけであるが、四人以上となると一人の俳優が複数の役を兼ねることになる。一人二役かせいぜい三役くらいであればまだ何とかなるが、四役も五役もとなればたいへんである。その際ギリシア悲劇が仮面劇であったことがプラスに作用したろう。楽屋へ戻って仮面（と衣装）を着け変えればたちまちにして別の役に早変わりできたからである。しかしいずれにしても忙しい思いをしたことはまちがいない。

　これは劇全体の登場人物の数と俳優三人との間の問題であるが、それよりも深刻なのは、一つの場面に四人以上の登場人物が登場する場合の処置である。四人目、五人目の人物は誰が演じるのか。楽屋には俳優は払底していて誰もいない。一人が二役やろうとしても、その二役が同時に舞台に立つ場面では二役兼ねることはまず不可能である。さて困った。この際誰でもよいから借り出せというわけで、そこらにいた人間の一人をつかまえて衣装を着せ、仮面を被らせて、しかしせりふは一切なしで舞台に立たせた。急場しのぎである。これを専門用語でコポン・プロソポン（せりふなしのもの言わぬ俳優の意）と言った。いわゆる「だんまり」である。劇のある場面で舞台上に四人以上の人物がいても、せりふを喋るのは三人までで、あとの人物はただぼーッと立ち尽くしているだけにすぎないのである。そこを観客に不自然さを感じさせずにうまく切り抜けるのも、作者の腕ということになろう。一つの例を挙げる。

エウリピデスの晩年の作品『オレステス』(前四〇八年上演)の掉尾の場面である(一五五四行以下)。この場面にはオレステス、メネラオス、エレクトラ、ピュラデス、ヘルミオネ、そして神アポロンと計六人の人物が登場する。そしてせりふがあるのはオレステス、メネラオス、アポロン役の三人だけである。あとの三人は「だんまり」となる。いま少し詳しい状況を説明しよう。

トロイア戦争のギリシア方の総大将であったミュケナイの王アガメムノンは、トロイアからの凱旋直後に妻クリュタイメストラとその愛人アイギストトスに謀殺される。アガメムノンの長子オレステスは亡命先から親友ピュラデスを連れて帰国、姉エレクトラの協力を得て母クリュタイメストラとアイギストスを殺して父親の仇を討つ。劇はその直後からのオレステスの人間と行動を描く。母親を殺したオレステスは良心の呵責に悩み、間欠的な狂気の発作に襲われる。一方母親殺しは大罪であるとしてミュケナイの市の民会はオレステスに死刑を決定する。彼はいま精神的にも肉体的にも危機的状況にあるが、それぞれの救い主に想定していたアポロン神もメネラオス(アガメムノンから恩恵をこうむること篤かったオレステスの叔父)も当てにならない。業を煮やしたオレステスはピュラデス、エレクトラの忠告を容れて、メネラオスの娘ヘルミオネを人質に取り、館に籠城する。そして駆けつけたメネラオスに死刑決定を下した民会との取りなしを要求する。窮して渋るメネラオスを「娘を殺し、館に火をかける」と脅す。一触即発という状況となったところへアポロン神がデウス・エクス・マキナ(機械仕掛けの神)として登場し、双方を宥め解決を図る。

以下はその実際の様子である。

①

メネラオス　や、あれは！　松明の火だ、奴らは館の屋根の上に立て籠もっている。そしてわたしの娘の喉に剣を突きつけている。

オレステス　さあ、何か文句があるか、それとも俺の言うことを聞くか。

メネラオス　どちらも嫌だ。………だがおまえの言い分を聞かねばならぬようだ。

オレステス　知りたいなら言ってやろう。俺はあんたの娘を殺すつもりだ。

（一五七三―一五七八行）

②

メネラオス　母親殺しの身で、この上さらに殺人をやろうというのか。

オレステス
俺は父上の仇を討ったのだ。それをあんたは裏切ったんじゃないか。
メネラオス
母親の血を流しただけでは足りないのか。
オレステス
悪い女はいくら殺しても飽きはせん。
メネラオス
ピュラデス、おまえまで一緒になってやっているのか。
オレステス
黙っているのがその答えだ。俺が「そうだ」というだけで充分だろう。

（一五八七―一五九二行）

③

メネラオス
まんまとはめられた。
オレステス
悪党め、自業自得だ。
さぁ、エレクトラ、館に火を点けてください。

そしてピュラデス、わが友のうちでも最も誠実なる者よ。
君はこの胸壁を焼くのだ。

メネラオス

おお、ダナオイ人の地、馬多きアルゴスの国人らよ、
武器を手に援けに駆けつけてくれはしないのか。
こいつはわれわれのこの市を力ずくで抑えつけてでも生きのびようと
しているのだぞ。母親の血を流して穢れた奴なのに。
（アポロン、機械仕掛けの神として上方に登場）

アポロン

メネラオスよ、いきり立った心を鎮めよ。
こうしておまえの傍に寄り、話しかけているわたしはレトの子のポイボスだ。
またそこで娘に剣を突きつけているオレステスよ、おまえもだ。
わたしがこれから言おうとする言葉をよく聞くのだ。

［……］

（一六一七―一六二八行）

叔父・甥の間柄でありながら利害が対立するメネラオスとオレステスは、ここで緊迫した遣り取りを交わす。引用①と②のテンポのよい一行対話（これをスティコミュティアという）が、その間の雰

囲気をよく表している。しかし六人いる登場人物のうち半分の三人にしかせりふがなく、あとの三人は沈黙のうちに立ち尽くすというのはいかにも芸がない。そこでメネラオスはオレステスの傍に控えるピュラデスに話を振る、「ピュラデス、おまえまで一緒になってやっているのか」（一五九一行）と。しかし、ピュラデスは「だんまり」であるから応答することはできない。素早くオレステスがこれを引き取って、「黙っているのがその答えだ。俺が『そうだ』というだけで充分だろう」（一五九二行）と言う。このオレステスは応答できないピュラデスの立場を巧妙に代弁しつつ、併せて二人の間の力関係をも明示することになる。オレステスはこの立て籠もり事件の主犯格なのである。一連の行動の指揮を執るオレステス。黙ったまま忠実にその指示に従うピュラデス。沈黙を余儀なくさせられる「だんまり」の特性を逆手に取った巧妙な人物描写であると言えるだろう。

もう一つ、ここには「だんまり」に話を振るシーンがある。③の一六一八行以下である。今度はオレステスが「だんまり」のエレクトラと、そしてピュラデスに「館に火を放て」と下知する。二人はこれを聞いて沈黙したまま、おそらくそれにふさわしい所作を見せる。その寸前にアポロン神が登場して事無きを得るという次第になる。この場面ではエレクトラもピュラデスも、ことさらに口を利く必要はない。黙ったまま指示に忠実に仕事をこなせばよい。そういう場面である。それでいて彼らは、沈黙の実行者として劇の進行に一定の存在感を示すことになろう。

人質のヘルミオネが、父親メネラオスに向けて悲鳴をあげつつ救出を求めるシーンも想定できなくはないが、彼女には当然猿轡が嵌められていたはず（!?）である。

二・俳優たちの役割分担

もう一つ例をあげよう。次頁の図を見ていただきたい。ソポクレス作『コロノスのオイディプス』の俳優の役柄分担図である。この劇には合唱隊（コロノスの老人たちより成る）は別にして、主役のオイディプス以下アンティゴネ、クレオンなど計八名の人物が登場する。この八人の人物を三人の俳優が演じ分けることになる。当然一人が何役かを掛け持ちすることになる（ちなみにギリシア劇には女優が存在しなかったので女性の役柄も男優が演じた）。俳優たちの役柄分担は次のとおりである。

第一俳優　オイディプス、知らせの者、テセウス
第二俳優　アンティゴネ、テセウス
第三俳優　コロノスの男、イスメネ、テセウス、クレオン、ポリュネイケス
だんまり　イスメネ
　　なお、「だんまり」は他にも従者として登場する。

図を見比べてみると、第一俳優はスター俳優らしく主役のオイディプスを一人で演じ切っている。あとの二役（知らせの者、テセウス）はせりふの数もごく僅かである。第二俳優は、準主役とでもいうべきアンティゴネを専ら演じる。あとはテセウスを短時間演じるだけである。この二人に比べると

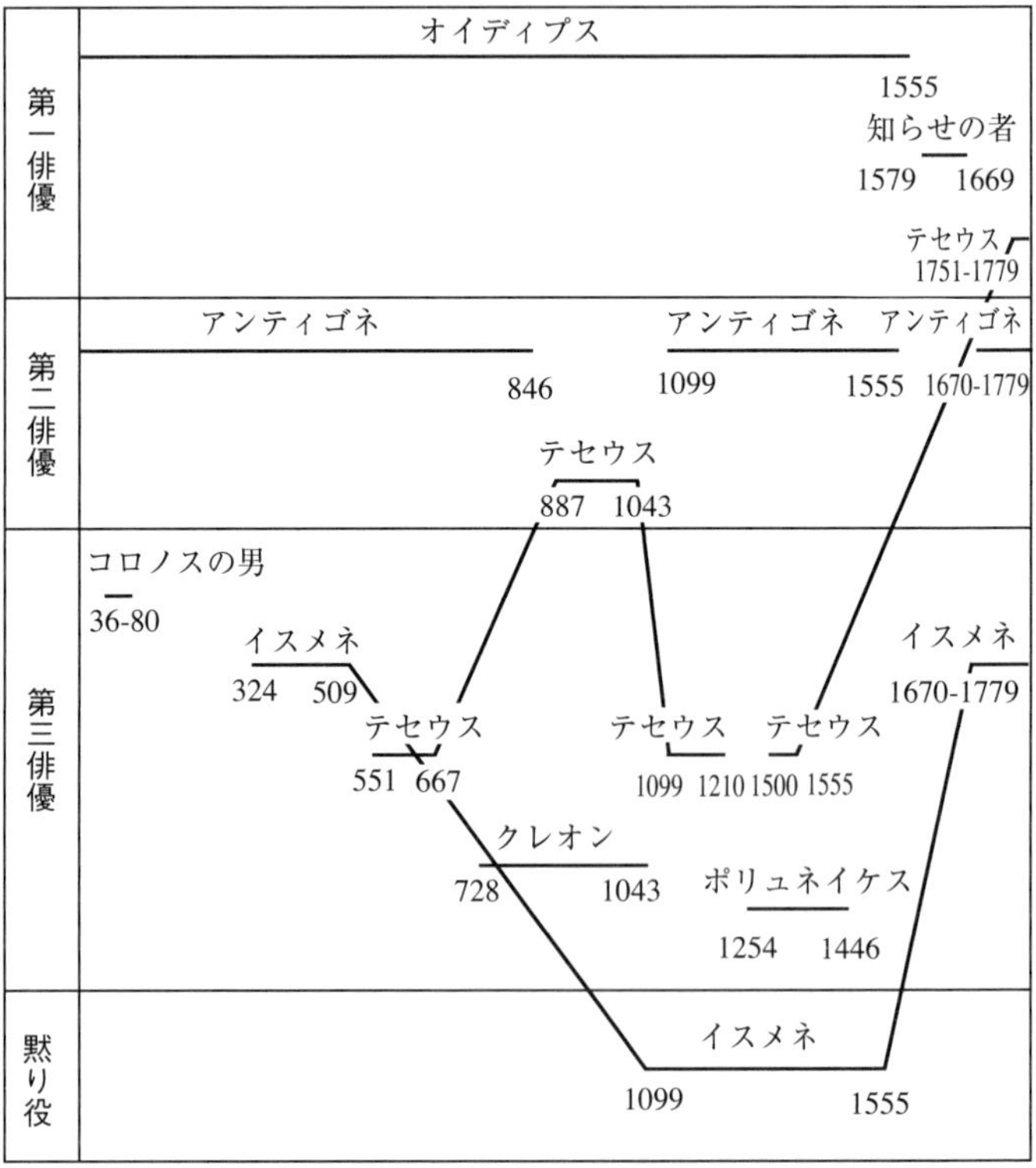

俳優の役割分担――『コロノスのオイディプス』の場合
（数字は行数を示す。R．C．フリッキンジャーに拠る）

第三俳優は忙しい。五つの役柄を次々に演じ分けなければならない。しかしこのように忙しい目をしてもなお演じきれない役柄が残る。第三、第四エペソイディオンの一〇九九行から一五五五行にかけて舞台上にはオイディプス、テセウス、ポリュネイケス、そしてイスメネの四人が登場することになる。俳優は三人しかいないから、一つの役（この場合はイスメネ）が「だんまり」の担当となる。オイディプス役は第一俳優、アンティゴネ役は第二俳優、そして第三俳優がテセウス役（一〇九九――一二一〇行）とポリュネイケス役（一二五四――一四四六行）を演じ分ける。残るイスメネ役は、この持ち場ではせりふのない役柄であるから「だんまり」が演じる。いや正確に言えば俳優が払底して「だんまり」しか使えないためにイスメネにせりふを割り振れなかったのである。

この第三および第四エペソイディオンはいったいどのような場面だろうか。父殺しと母子相姦という大罪を犯したオイディプスは、罪滅ぼしに我が目を潰したものの祖国テバイを追放の身となり、娘アンティゴネに手を曳かれて放浪の旅に出る。そしていまアテナイ近郊コロノスの地に、アテナイ王テセウスの厚意を得てその身を置いている。そこへ故国からもう一人の娘イスメネが緊急の要件を告げにやってくる。オイディプスの二人の息子エテオクレスとポリュネイケスが、王権を争って戦端を開こうとしているというのである。後を追ってポリュネイケスが登場し、父オイディプスに今回の争闘に際し自分のほうへの協力を依頼する。オイディプスはこれを断る。

旅にある父親。故国では息子たちが家の相続権を争っている。一家の大事の折に娘たちにもそれなりの言い分があるはずである。事実、アンティゴネは第四エペソイディオンの一四一一四行以下で、祖国テバイを攻めようとしている兄ポリュネイケスに向かって、軍を引くようにと懇願している。ここに妹イスメネも混ぜてその口から同様に懇願の言葉を発しさせることも可能であるし、またそのほうが場の空気をふくらませることができるのに、そうしていない。いやそうできないのである。

また第三エペイソディオンの次の箇所はアンティゴネだけでなく、イスメネもせりふを持って不思議でない場面だろう。

オイディプス
おお、わが子よ、おまえたちそこにいるのか。

アンティゴネ
はい。

テセウスさまと信頼篤い召使の人たちが救ってくださいました。

オイディプス
さぁ、吾子よ、父のところへ来い、そしてもう二度と戻っては来ぬと思っていた身体を抱きしめさせてくれ。

アンティゴネ
おっしゃるまでもありません。こちらも願っていたところですもの。

オイディプス
いったいどこだ、どこにいる。

アンティゴネ

オイディプス　おお、愛しい娘らよ。

アンティゴネ　二人いっしょにお側近くに参りましょう。

オイディプス　おお、人の身に杖とも柱ともなるものよ。

アンティゴネ　親にとって子供は皆愛しいもの。

不幸せな父親の不幸せな娘たちです。

（一一〇二―一一〇九行）

ここは殆んどの部分がアンティラバイ（割りぜりふ。オイディプスとアンティゴネのそれ）になっているから、このままではイスメネがたとえせりふが喋れても割り込む隙はないが、もし正規の俳優がイスメネに割り当てられてせりふが喋れるとすれば、親子三人のより感激に満ちた再会シーンが展開されたはずである。この、ふつうならせりふがあっても不自然ではない、むしろせりふを喋っても当然なイスメネに一言も言葉を喋らせないのは、喋らせられないのは、三人俳優制の制約のせいである。このとき俳優の数を増やしてイスメネにも発言させることをなぜしなかったのか、と後世のわたしたちは考えるが、その明確な答えはない。悲劇にさまざまな革新的手法を編み出したあのエウリピデスも、三人俳優制を最後まで守った。

ところでここにもう一つ大きな問題がある。もう一度図のほうを見ていただきたい。テセウス役を第一、第二、第三と三人の俳優が分担して演じていることが見て取れよう。第一俳優は劇の末尾の一七五一行から一七七九行まで、第二俳優は劇の半ばの八八七行から一〇四三行まで、そして第三俳優は前半の五五一行から六六七行、後半の一〇九九行から一二一〇行まで、および一五〇〇行から一五五五行までを担当している。一人の俳優が複数の役柄を演じるのは、三人俳優制のもとでは致し方ないとはいえごく普通のことであるが、一つの役柄を三人の俳優が分担し競演することは珍しい（他の例としてはエウリピデス『フェニキアの女たち』に、第一、第二俳優がアンティゴネ役を分担競演する例がある）。A、B二人の俳優が同じ役柄を演じるダブルキャスト制度は、現代劇の場でもしばしば見受けられる。しかしそれは複数の公演をそれぞれ分担して演じるのであって、単一の公演において役を分担するわけではない。（何らかの事故で演じられなくなった場合の途中からの代役といった例は別である）。一つの役を演じる俳優が劇の途中から別の俳優に代わることはない。ところがいまこの『コロノスのオイディプス』ではA、B、C、三人の俳優がテセウス役を分担して演じている。三人の俳優は経験、技倆、貫禄に差があり、また肉体的条件（身長、体つき、声の質等々）においても差があるはずである。下手をすれば三者三様のテセウス像が出来上がる怖れがある。顔は仮面で隠せるが、音声や身体つきの違いは歴然たるものがあったろう。このような不自然さを重々承知していたはずなのに、それを解消すべく俳優数を三人以上に増やすことをなぜ考えなかったのか。疑問は残り続けている。

三．俳優の数、その養成法

さて前五世紀半ばから後半にかけてのギリシア悲劇全盛時、俳優の数はどれほどだったのだろうか。そしてまたその養成法はどのようなものだったのだろうか。

ギリシア悲劇は競演会形式で上演された。毎年春三月の大ディオニュシア祭に、最終審査に残った三人の作家が各々悲劇三篇とサテュロス劇（山野の精サテュロスが合唱隊を務める短い笑劇）一篇をもって競演し、優勝を争った。悲劇一篇に使用できる俳優は前述したように三人、サテュロス劇の場合は二人だった。単純計算すると、一度の上演に一人の作家が必要とする俳優は一一人である。したがって大ディオニュシア祭の競演会に出演する俳優は三人の作家合計で三三人となる。この数が当時のアテナイの演劇界で適正なものであったかどうか、即答できない。アテナイでは悲劇だけではなく喜劇も上演された。喜劇はふつうレナイア祭（一月下旬から二月上旬の頃）で上演されるのが慣例であったが、ペロポネソス戦争（前四三一―前四〇四年）下では、悲劇と同じく大ディオニュシア祭で少し規模を縮小して上演された。この喜劇の俳優も悲劇担当俳優が兼ねたのかどうか、これも正確なところはわかっていない。

俳優はプロだった。その上演にかかる費用はすべてアテナイ市当局が負担した。草創期の頃は作者自身が俳優も兼ねていた。第一回の競演会の優勝者テスピスがそうである。アイスキュロスやソポクレスも初めのうちはそうだった。ソポクレスは声が細すぎて俳優業を断念した、という話が伝わっている。時の経過とともに次第に分業化が進み、俳優業は独立化、プロ化を推進することになったと思われるが、その促進に大きく寄与したと思われるのが、前四四九年に始まる俳優のコンテストである。競演会でその年の優勝作品（作家）を選定するだけでなく、その年一番活躍した最優秀俳優の選定も行われるようになったのである。優秀な俳優はどの作家も使いたがり、奪い合いとなった。またスター俳優は国家の顔として外交使節団に加えられるようになった。

俳優の数は需要と供給の問題に直結する。そしてプロとなれば生活の問題が関わってくる。年に一回の公演で、少なくともスター俳優にはそれが保障されたのかどうか。時代がずっと下がって前四世紀末以降のいわゆるヘレニズム時代になると、俳優たちがギルドを組んでギリシアおよび周辺の各地へ巡業公演をしている。たとえばギリシア北部トラキアの町アブデラで前三世紀の初めの頃、当時有名な俳優であったアルケラオスがエウリピデスの『アンドロメダ』を上演し、大好評を得たことがわかっている（ルキアノス『歴史はいかに記述すべきか』）。これに類することはもっと以前の時代でもおそらくあったはずである。右のアルケラオスの公演は真夏のことだったが、そういうシーズン・オフにアテナイから劇団が各地に出向いて上演するということはあったはずである。エーゲ海周辺の各ポリスはそれぞれ立派な劇場を備えている。劇場はその収容力ゆえに全市民が集まる政治集会にも用いられたが、本来の用途は劇の上演である。年に一回くらいはアテナイから有名俳優を招いて公演を行ったと想像しても、強ち間違いとは言えないだろう。

アテナイのディオニュソス劇場という檜舞台だけでなく、各地の劇場を巡演して歩くことによっ

俳優学校（?）

て、はたして俳優業は成り立ったのかどうか。一定の数以上俳優を増やせばその生活基盤が崩れるものなのかどうか。それゆえに俳優数を制限する必要があったのかどうか。使用俳優を三人までと限定したことについてはもっとわたしたちの与り知らない理由があるのかもしれないが、右に述べた需要と供給の問題、すなわち俳優市場の経済原則に拠るところも大きなものがあったのではあるまいか。

俳優養成の問題についても一、二言及しておきたい。先の『コロノスのオイディプス』で見たように、第三俳優は、第一、第二俳優と違って多くの端役を兼務して担当している。忙しい目をしながら、しかしこうして多くの役を演じることによって演技力を磨き、順次第二、第一俳優へと段階を上がって行ったのだろう。当時どのように俳優を養成していたか、分明ではない。養成学校のようなものがあったとする説もある。『ドゥリスの壺』と呼ばれる壺（ベルリン国立美術館所蔵）に描かれた絵（上掲の図）を見るとそれらしいものが窺えないこともない。しかし俳優に弟子入りして実地修練を積み、一本立ちして行くという徒弟制度的なものがやはり大きな部分を占めていたのではなかろうか。

子役はどうしたか。エウリピデス『アルケスティス』の三九三行以下一九行にわたって、アルケスティスの子供エウメロスが母親アルケスティスの死を嘆き、悲しみの歌をうたう場面がある。これを演じたのは子供か、あるいは大人の俳優か。身体上の問題はあるが、これを大人の俳優が演じた可能性はある。一方子供を舞台に立たせて、せりふだけは背後の楽屋から大人の俳優が代唱したとも考えられる。この場に登場する人物は、アルケスティス、その夫のアドメトス、そしてエウメロスの三人だからエウメロスに「だんまり」を使う必要はなかった。エウリピデスは劇中に子供を登場させることの多かった作家だが、その上演での取扱をどうしたかは分明ではない。

女性役は、先にちょっと触れたが、男優が演じた。ギリシア悲劇に女優は存在しなかったのである。そもそも悲劇上演の行事に、アテナイ市民といえども女性が関与する途は閉ざされていたのである。観客席に女性がいたかどうかも問題視されている（第九章四節二一九頁以下を参照）。民主主義社会といえども伝統的に男性優位の社会であったアテナイの現状がここに顔を覗かせている、と言えるかもしれない。

スター俳優が国家の顔として外交使節団に加えられることもあると、先に言った。これは俳優の地位向上の一つの現われと言ってよいが、その俳優が少々驕りすぎて問題を起こす場合もあった。テクストの改竄《かいざん》である。前四世紀に入ると前世紀の名作の再演が許されるようになった（前三八六年以降）。その再演の折、原著者がいないのをよいことに俳優たちがせりふの削除や付加など、勝手にシナリオに手を加えるようになった。これは前四世紀末にリュクルゴス（弁論家、また財務長官）が悲劇のテクストの校訂を企画し、新たに決定版を編纂するまで続いた。現在わたしたちが使っているテクストにもこのときの改竄の後遺症が残っており、今なお文献学者の研究対象となり続けている。これについては次章で詳しく触れる。

四．雄弁なる沈黙

三人俳優制のもとで生じた「だんまり」の使用法について、先に若干触れた。その「だんまり」をより積極的に、あるいはより意識的に使ったと思われる作品例をここで見ておきたい。それはエウリピデスの『アルケスティス』（前四三八年上演）である。

この作品は『クレタの女』（断片）、『プソピスのアルクマイオン』（断片）、『テレポス』（断片）とともに四番目の劇として上演された。四番目というのは、作者に一日四作品割り当てられた上演劇の四番目、すなわち最後の劇として上演されたということである。四番目に上演される劇はサテュロス劇であるのが通例である。サテュロス劇というのは、先述したように、山野の精であるサテュロスが劇の合唱隊を務める短い笑劇のことである。『アルケスティス』は比較的短い劇（全一一六三行）ではあるが、それでも現存する唯一のサテュロス劇、エウリピデスの『キュクロプス』（全七〇九行）に比べれば長い。そして何よりもサテュロスが登場しない。それゆえサテュロス劇であるとはちょっと言い難い。では笑劇だろうか。サテュロス劇は合唱隊を構成するサテュロスたちが劇中でしばしば卑猥な言動をし、観客に笑いとくすぐりを提供するところから、同時上演の他の三作品とは異質のものに分類されがちである。さりとて全篇これすべて笑いに満ちた面白おかしい軽演劇というわけではない。右の『キュクロプス』を見てもわかるように、そこにはなかなかシリアスな問題が提起されている。たとえばギリシアの伝統的価値観である「知」と「法」が、ギリシアの中心から遠く離れた辺境の住人キュクロプスによって揶揄と批判の対象にされている、といったふうである。

朝早くから不倫や親殺し、子殺しといった人間が犯す重い罪を主題とする劇を三篇も続けて見物させられれば、観客もいい加減に疲れてくる。四番目の劇はその疲れを癒やすもの、一種の口直しの役割を担っていたと考えられる。サテュロス劇は、合唱隊を構成するサテュロスたちのいささか品のない悪ふざけでその務めを果たした。ではサテュロス劇ではない四番目の劇、たとえばこの『アルケスティス』ではどのようにその四番目の劇としての役割を果たしているのだろうか。それを探ることは興味深くまた意義深いことと思われるが、ここはその場ではない。ここでは唐突だが劇の末尾へ飛んで、この劇でも使用されている「だんまり」の問題を取り上げたい。

素材となった神話物語の粗筋を述べておこう。ギリシア中部テッサリア地方の町ペライの王アドメトスに死期が迫る。しかしアポロン神の周旋によって運命の女神たち（モイライ）から、身代わりに死んでくれる者を見つければ命が助かることが保証される。そこでアドメトスは両親に身代わりを請うが、拒絶される。見かねた妻のアルケスティスが身代わりを申し出て死ぬ。その葬儀の最中に友人ヘラクレスが来訪する。アドメトスは妻の死を隠してこれを手厚くもてなす。あとで事情を知ったヘラクレスは、もてなしの返礼に死神と格闘してアルケスティスを冥界から奪還し、アドメトスの許へ届ける。

さていま劇はエクソドス（最終場面）である。妻アルケスティスに死なれたアドメトスが野辺送りから戻って来て、我が身は助かったものの代わりに妻を失った悲しみの大きさを館の前で嘆く。妻は名誉に包まれて死に、多くの悩みとおさらばした。「ところがわたしのほうは、命無いところをうまくすり抜けたはよいが／この先ずっと禍多い生を過ごすのだ。やっと気がついた」（九三九—九四〇行）。「やっと気がついた」という述懐は、おそらく偽りではない。言葉自体は真摯なものだろう。しかし反省することですべてが終わるわけではない。行く末を悲観しながら、しかし彼はなお生きる途を選ぶ。これほどの空虚感を抱えてなぜ彼は生きようとするのだろう。国政の長としての責任感だろうか。幼き子らのためだろうか。愛する妻を死なせてまで生存を志向する明確な理由が語られないために、いくら反省して泣いてみせてもその姿にはどこか道化の影が差すのである。

この彼の許へヘラクレスが再び姿を見せる（一〇〇八行以下）。彼はヴェールで顔を隠した婦人（アルケスティス）を連れている。そしてその婦人を、彼がトラキアの人肉喰らいの馬を曳いて帰って来るまでのあいだ、アドメトスの家で預かってほしいと申し入れる。アドメトスはアルケスティスに彼女の死後は身辺に一切女性は近づけぬ、再婚はせぬと誓った手前、これを拒絶する。ヘラクレスはさまざまな理由をつけてアドメトスを説得しようとする。ついにアドメトスは根負けしてしぶしぶ承諾する。これはアドメトスの心根を試す試練である。顔をヴェールで隠し、沈黙したままヘラクレスの脇に立つアルケスティスは、それと悟られぬままにアドメトスの誓言に偽りがないかどうか試すかたちになる。アドメトスはこの試練をなんとか乗り越える。

ところで、舞台上にはいま、アドメトスとヘラクレス、そしてアルケスティス役がいる。この劇では俳優が二人しか使えないために（サテュロス劇では俳優は二名に限定）、アルケスティスは「だんまり」が務めている。劇が終わるまで彼女は一言も発しない。いや発することができない。話が進んでこのヴェールで顔を隠した女性が妻アルケスティスであることが、アドメトスにわかる。

ヘラクレスがヴェールを取りながら言う、「ほら見ろ、奥さんに似ていると思わないか？／さぁ、苦しみとはおさらばだ。幸せになるんだ」（一一二一―一一二二行）。次の瞬間、アドメトスは驚き喜ぶが、妻を抱き寄せ夫婦ともどもに喜びを爆発させることはできない。彼女のほうが口を利けないからである。歓喜の大団円を期待している観客も苛立つ。そこで作者は一つの言い訳を編み出して事態の収拾を図る。

アドメトス
　この女性が口も利かずにずっと立っているわけは？
ヘラクレス
　君が彼女からの呼びかけを耳にすることは、まだできん。
　三日目の朝が来て、地下の神々に奉げられた
　彼女の身の浄めが済むまではな。

（一一四三―一一四六行）

作者は冥界の穢れを祓うという宗教的理由を考案して「だんまり」を巧く使った。冥界から生還し

たアルケスティスは、穢れを祓うためになお三日間沈黙したままでいなければならないというのである。せっかく再会した夫婦なのに、この奇跡の生還を互いに声を出して喜びあうことは、まだできないのである。そしてわたしたちにとっても三日という時間は長い。彼女の声を聞けぬままに劇は終わり、劇場を後にすることになる。考えようによっては、これはなかなか意地が悪い終わり方である。三日後の彼女の第一声がどんなものであるか、さまざまに想像させられるからである。

さて、わたしたちはこの「沈黙」をどのように解釈したらよかろうか。作者が「だんまり」を使うことによって創り出した沈黙は単なる沈黙ではなく、それ以上のことを語っているのではないか。

劇の末尾でアドメトスは歓喜の情をこう歌いあげる、「さて市民らに、また周辺の者らすべてにも申しつけよう、／この目出たい出来事に歌舞いを立ち上げ、／祈りを込めて焼く犠牲獣の匂いが祭壇の上に煙るようにせよと。／いまや以前とは打って変わった晴れの人生が／開けたのだからな。この身は幸せと、わたしは敢えて言おう」（一一五四―一一五八行）。嬉しい気持ちはわかるが、一方でその無邪気さがわたしたちをとまどわせる。彼にとって彼女の生還はまったく予定外のことだった。それはまずは大いなる喜びだった。いまや以前とは打って変わった晴れの人生が開けた、この身は幸せだと、彼は手放しで喜ぶ。しかしその一方で、彼女の生還は彼にとって苦しみでもあるのではなかろうか。

彼は妻に身代わりになって死んでもらった。その意識は、こののちずっと残り続けよう。そうなれば夫婦関係もこれまでとは変わるはずである。形式的には旧に復するけれども、内容の変質は余儀なくされるはずである。少なくともアドメトスの側の心理としてはそうである。アルケスティスは赦してくれるだろう。そのことについては何も言わないだろう。以前と同じく良妻であり続けるだろう。しかしアドメトスのほうにはその心中に蟠《わだかま》るものがあるのではないだろうか。

彼は喜ぶより先に、彼女の沈黙の意味を推し測ることから始めるべきなのだ。そして三日後に彼女は何と言って口を切るのか、思案してしかるべきなのだ。生還をただ手放しで喜ぶ無邪気な姿は、観客席の男たちの苦笑と失笑の対象となろう。

アドメトスは身代わりの死を求める正当な理由——死への恐怖以外の説得性のある理由、たとえば王としての国家運営の職務など——を示し得なかった点で、悲劇の人物となることを逸した。むしろ失笑の対象とならざるを得なかったのである。

ではアルケスティスはどうだろうか。その死の理由は何だったのか。彼女はずいぶんと簡単に他人の死を引き受けている。なかなか出来ることではない。プラトンはそれを愛の殉死であると称揚する（『饗宴』一七九ＢＣ）。彼女の行動には、「嫁しては夫に従え」という男尊女卑的な時代思潮の反映が、あるいは見て取れるかもしれない。また自分の死後の子供たちの行く末を案じてアドメトスに再婚しないように要求する姿は、純粋な愛の殉教からは少し距離があるものと感じられるかもしれない。しかしまたその一方で、彼女にはわたしたちに測り知れない彼女だけの死の理由があるのかもしれない。その死は愛する夫への殉死といった利他的なものではなく、よい意味での利己的なものだった、いや死だけでなく生きることも、彼女自らのある目的のためだったと言えるかもしれない。こんな文章がある。

お佐代さんは必ずや未來に何物をか望んでゐたゞらう。そして瞑目《めいもく》するまで、美しい目の視線《しせん》は遠い、遠い所に注がれてゐて、或は自分の死を不幸だと感ずる餘裕《よいう》をも有せなかつたのではあるまいか。其望の對象《たいしやう》をば、或は何物ともしかと辨識《べんしき》してゐなかったのではあるまいか。
（森鷗外『安井夫人』）

評判の美少女お佐代さんは自ら望んで息軒夫人となった。あばた面の小男のである。夫の出世に賭けていたのかもしれない。その学者・教育者としての大成を直感的に見抜き、共鳴して人生を共にしようと考えていたのかもしれない。母となっては子供の幸せを願い、その成長に期待をかけもしたろう。その一方で、そうした利他的ではない、純粋に利己的な人生の目標も（ひょっとするとそれと意識しないで）持っていたのではないか。

アルケスティスもそうではないか。アルケスティスの場合、沈黙の三日間はそうした本来の自分に帰るための三日間なのではないか。そしてひょっとしてアルケスティスは三日間沈黙したまま、そのあとあの『人形の家』のノラのように家を出て行くのではあるまいか。観客席の心ある男たちはこう思い惑うのに、劇中のアドメトスは彼女の三日間の沈黙という現象に何の感懐もないらしい。いやむしろこの三日間は、そのあとに到来するより強い歓喜への序章のつもりでもあるらしい。いずれにせよ、アルケスティスを沈黙させたまま劇を終わらせる作者エウリピデスは、やはり意地が悪いと言わなければならない。

蛇足を承知で付け加えるが、男にとって妻の沈黙ほど怖いものはない。昔も今も。

第七章　脇役登場

着替える俳優

一・テクストの改竄《かいざん》

あるときある人がある英国人の古典学者に、日本人でもギリシア・ローマの古典籍の原典校訂の仕事は可能であろうかと尋ねたところ、言下に「否《ノー》」と一蹴されたと伝え聞いた。あちらはアレクサンドリア時代以来二二〇〇有余年、こちらは明治以来の約一〇〇年、ギリシア・ローマの古典籍を扱う時間がどだい違いすぎるから、こう言われても引き下がるほかない。じっさいパピルスの欠損部を補塡するような仕事は、深い学識と言語的センスと、それに伝統に裏打ちされた職人芸のような技巧も必要だろうから一朝一夕にゆかぬことは理解できるが、ただ普通に伝来のテクストを読んでいて、わたしたちにも不自然に感じられ、こう読んだほうがよいのではないかと思うようなところがないわけではない。文献学的操作という領域にまではとうてい及ぶものではないが、そうしたものの一つ二つを取り上げてみたい。

　わたしたちが現在読んでいるギリシア悲劇のテクストは原著者の書いたシナリオそのままではない。かなりの改変がある。しかも原著者の知らぬところで。いちばん大きいのは俳優による改竄である。現存する三三篇はすべて前五世紀に上演されたものである。原著者が生存している時代には、改竄行為はおそらくなかった。しかし三三篇を書いた三人の作家がすべて死に絶えた前四世紀に入ると、アイスキュロス、ソポクレス、エウリピデスら有名作家の作品の再演が許されるようになり、その際おそらく原著者の目が届かぬのをよいことに、上演する俳優たちが自分勝手にシナリオに手を加え始めたのである。それがあまりにも目に余るというので、前四世紀末の頃リュクルゴス（弁論家。前三三八—三二六年、アテナイの財務長官）が巷間流布しているシナリオを整理して国定版テクストを作った（この人はディオニュソス劇場の整備にも力を尽くし、劇場全体を石造りに大改造した。第九章参照）。アレクサンドリア図書館に収納されたのはこの国定版であるとされる。俳優によるシナリオ改竄の後遺症は現代に至るまでも引き継がれている。

アレクサンドリア図書館が悲劇のテクストの検討と保存に果たした役割ははなはだ大きかった。この図書館はプトレマイオス王朝最大の文化遺産と言って過言ではない。アレクサンドロス大王の有力幕僚の一人だったプトレマイオスは大王没後の混乱期、ナイル河口のアレクサンドリアを首都とする王朝を立ち上げた。歴代の王は文化事業に熱心だった。プトレマイオス一世が始めた図書館事業（プトレマイオス二世の創設との説もある）を以後の王たちが引き継ぎ、内容の充実と規模の拡大に努めた。盛衰を経ながらそれは後七世紀（六四〇年）のアラブ人侵攻の時代まで存続することになる。王朝の末期、クレオパトラ女王（クレオパトラ七世）支配下の頃、アレクサンドリアはカエサル指揮下のローマ軍の攻撃を受けて（前四七年）、図書館も戦火に焼かれるという災禍をこうむったが、この当時その蔵書数は七十万巻を数えたと言われる。この厖大な蔵書の数は当局の並なみならぬ蒐集への熱意を窺わせるが、時には強引と思われるような蒐集方法も駆使されたようである。

一説では、アレクサンドリアに船が入港すると図書館の関係者が船内を捜索して、写本を見つけると取り上げて直ちにそのコピーを作り、持ち主にはそのコピーのほうを返却し、原本は図書館に収納したという。先のギリシア悲劇のリュクルゴスの国定版も、借り受けてコピーを作ったのちコピーのほうを返却したという話が伝わっている。一方アレクサンドリア図書館のこの蒐集熱を知った書籍取扱業者たちは、こぞって書籍の売り込みに励んだろうことは疑いない。当時アテナイとロドス島が二大書籍市場であったとされるが、そこからこうした業者の手を経て大量の書籍がアレクサンドリア図書館に流れ込んだのである。

さて図書館ではこのあと集められた書籍の整理整頓が始まる。蒐集の際には偽書の類、傷物等々が混入している可能性がある。それを除去することがまず必要となる。そして次にジャンル別の分類が始まったろう。そのあと複数の写本の異同の点検、そして校訂作業を経たのちのテクストの確定と進んでいく。たとえばホメロスの『イリアス』の写本が何種類か集められる。その写本の間で文言の違いが見つかる。古い時代の朗唱者の記憶違いか、あるいは写字生の写し間違いか、いずれにせよ文言が違っている。その相互の違いを点検考証しながら、出来るだけホメロスの手になる最初のテクスト（と想定されるもの）に近づけていく。その作業に必要な補助的な仕事も生まれてくる。校訂作業をより容易ならしめるための道具となる各種辞典（稀語辞典、古語辞典等）の作成、また文章を理解するための文法書の編纂等々である。古典研究の総合的な体制が次第に整えられていく。こうした作業に従事するために、各地から優秀な人材がアレクサンドリアに集まって来た。かくしてこの地に文献学という学問が誕生する。

二．テクスト校訂

現在わたしたちが使用しているテクストには、こうした古代からのテクスト校訂作業の痕跡が少なからず見てとれる。まず俳優による改竄とその是正の例を挙げよう。エウリピデス『オレステス』（前四〇八年上演）の後半に以下のような箇所がある。

合唱隊の長

［おや、館の門が軋る音が聞こえます。

静かに！　プリュギア人が一人出て来ます。

あの男に、館の中の様子を訊いてみましょう。］

（プリュギア人、登場）

プリュギア人

アルゴスびとの剣で殺されるところを

逃れて来ました、このアジア風の靴を履いて、

柱廊の杉の梁を越え、

ドーリス風の造りの壁を越えて。

おお、大地よ、大地、やっとのことで逃げて来た、

アジア者にふさわしい逃げ方で。（一三六六―一三七四行）

暗殺された父アガメムノンの復讐のために母クリュタイメストラを殺したオレステスは、復讐の女神エリニュスの襲来を受けて狂気に陥る。またアルゴスの民会にかけられて死刑宣告を受ける怖れもある。精神的にも肉体的にも追いつめられたオレステスは、叔父メネラオスに援けを求めるが裏切られる。自暴自棄に陥った彼は盟友ピュラデスを伴い、メネラオスの妻ヘレネを殺そうと館内に突入する。そのため館内は蜂の巣をつついたような騒ぎとなり、館内にいたプリュギア人の召使（トロイア戦争の戦利品としてヘレネに割り当てられた奴隷）が飛び出してくる。右に引いたのはそのときの情景である。プリュギア人の召使は館内の様子を報告する使者（これを遠隔地の情報を告げる通常の使者アンゲロスと区別して、エクサンゲロスという）の役目も担っている。

さて、元のテクスト（原典）では引用前半の合唱隊の長のせりふ（一三六六―一三六八行）の前後に括弧（［　］）が付されている。この箇所は原著者エウリピデスの真筆かどうか疑わしいという印である。いまわたしたちが使用しているテクストはディグルの校訂によるオックスフォード・クラシカル・テクスト（通常ＯＣＴと略記される）である。現行の悲劇のテクストにはビュデ版、トイプナー版と種々あるが、ＯＣＴ版は最もスタンダードなテクストと言ってよい。しばしば翻訳などの底本に使われる。このＯＣＴ版の一三六六―一三六八行に校訂者は括弧を施して疑義ありとした。（ちなみにビール校訂のトイプナー版も同様に右の三行に括弧を施している。ビュデ版には括弧はない。）それはどういう理由によるのだろうか。

一三七一行を見ていただきたい。「杉の梁を越え」とある。「越え（て）」と訳したのは前置詞のヒュペル hyper という語である。近代語では over（英）、über（独）にほぼ相当する。ここをもう少し具体的に訳して言えば「杉の梁を越えて（下の土の上へ跳び降りた）」ということになる。つまりプリュギア人は館の階上のどこかから、あるいは屋根から跳び降りて逃げて来たと言っているのである。そのように解釈できる。しかしそのように解釈すると、この箇所は一三六六行以下と整合しない。一三六六行以下で合唱隊はプリュギア人が館の入口から出て来たと言っているからである。どちらかが正しく、どちらかが正しくない。

この不整合を説明する一つの方法は、原著者のうっかりミスとすることだろう。しかしミスとして処理するには両箇所はあまりにも接近しすぎている。居眠りでもしながら書いているのでなければミスのしようがない。

次に考えられるのは、どちらかを原著者の真筆でないとすることである。この考え方は昔からある。古代の研究者がこの箇所（一三六六―一三六八行）に付けた注釈（古注、スコリアという）がすでにそう言っている。以下のとおりである。


この三行（一三六六―一三六八行）がエウリピデスの真筆だとは誰も即座には同意できないだろう。いやむしろ俳優の手になるものと考えられよう。俳優は王宮から跳び降りて怪我をしないように、プリュギア人の衣装と仮面を着けて（入口の）扉を開けて出て来るのである。

古注は最初の三行（一三六六—一三六八行）のほうを真筆ではないとし、俳優の書き加えであるとしている。古注の言うとおり元来この三行が無かったとすれば、一三七一行以下でプリュギア人を演じる俳優は王宮（とみなされる舞台奥の楽屋の建物）の高い部分から跳び降りざるを得ず、下手をすれば骨折もしかねない危険性を伴った。その危険性を回避するために、俳優があの三行を書き加えて建物の出入口から出て来るようにしたというわけである。一三六六行以下の三行と一三七一行との不整合性を説明する方法としてこの古注の言うところは一応理解できる。しかし俳優の事故を懸念して一三六六行以下の三行が加筆されたとしても、そうすることによって一三七一行との不整合性が今度は生じることになる。一三六六行以下の三行は原著者の手になるものとしても、また元々はなくてのちに俳優によって加筆されたものとしても、いずれにしても一三七一行との不整合性は残るのである。現存のテクストに残るこの不整合性を解決するために、一三六六行以下の三行が原著にはなかったとすれば不整合性は避けられるが一三七一行の示すところによって俳優の危険性が懸念される（古注家はそれゆえに不整合性が生じることは承知の上で一三六六—一三六八行が挿入されたものと考える）。原著にあったとすれば何らかの方法で整合させなければならない。それも古くから考えられている。

先にわたしたちは一三六六行以下三行と一三七一行とで言われていることが整合していないと見て、これを原著者のミスかもしれないとした。だがこれはミスではなく、また両者間に不整合も存在しないとする見方もあるのである。先に「杉の梁を越え、ドーリス風造りの壁を越えて」という箇所は、王宮と設定されている舞台奥の建物の高い部分（屋根）から、プリュギア人に扮した俳優が観客にそれと見えるように外側の舞台上へ跳び降りたと解された。しかしこの一切を、梁を越えるのも壁を越えるのも、観客の目に見えない王宮（とされる建物）内の出来事とすれば、一三六六行以下の文言と不整合を生まずに済む。文言上は高い場所から降りるようになっていても、それは観客の目には触れない建物内部のことで、実際には文言通りにする必要はない。そして最終的に建物の出入口から姿を現して観客の目に触れることになったとするのである。つまり観客の目に触れないところの話とすれば如何様にも話を作ることができたのである。

一方、一三六六行以下の三行が原著になかったとした場合俳優の身の危険性が懸念されると先に述べたが、古注家の言うように不整合は承知で加筆せずとも解決法はある。それは、観客に見えるように建物の外側に跳び降りるとしても一挙に高所から跳ぶのではなく、ある程度の高さのところまで壁を伝い降りて、そのあと跳び降りるとするのである。そうすればさほどの危険もなく舞台上に立つことができる。こうしたいわば現実的な折衷案のようなものも考えられないことはない。さてどれをとったらよいだろうか。

いずれもそれなりに首肯できるところがある。問題は両箇所の間の一見不整合と見えるところのテクストをそのままに解決しようとするか、テクストを変えて、すなわち一三六六―一三六八行の三行を後世の挿入加筆と考えるかということになる。ただし後者の場合でも、加筆後の現存のテクストは両箇所間の不整合性は保持しているわけであるから、それの解決が必要である。加筆後のこの不整合性は承知の上で、俳優の事故を配慮するあまり、おそらくは俳優自身が保身のために加筆したというのが古注家の言わんとするところだろう。

右のようなテクスト内に不整合な箇所を見つけ出してこれを整合するように修正するのは、文献学徒の一つの仕事である。しかし先に見た一三六六行以下の三行が果たして後世の俳優の手になる加筆であって、元のテクストにはなかったものであるかどうか、正確なところはわからない。真贋の判定には原著者の作風、文章の癖はもちろん、写本の段階でのさまざまな要因、ミスや偶然的要素の介在等々も考慮されなければならない。決して簡単な作業ではない。そしてこれは正解の保証のない作業でもあるのだ。

三．合唱隊か俳優か

いま一つテクスト校訂の例を挙げよう。今度はせりふの話者を誰に特定するかという問題である。エウリピデスの悲劇『ヘレネ』の以下のせりふの遣り取りを見ていただきたい。

合唱隊の長

思いもよらぬことです、あなたにもわたしたちにも気づかれずにいたとは、メネラオスが。王よ、ここにいながら気づかれずじまいとは。

テオクリュメノス

女の手管にしてやられるとは、ああ、情けない。
結婚が逃げて行った。もし追跡をかけて
船が捕えられるものなら、労をいとわず早速にもあの異人らを捕えてやるのだが。
それより今はわしを裏切った妹の奴を折檻だ。
彼女《あれ》は館の内でメネラオスをそれと見て知っておりながら、わしに言わなかった。
今後はもう誰であれ、二度と予言で人を欺すことはできぬようにしてやる。
（　　　　　　　　）
テオクリュメノス
おお、これは、どこへ行かれます、ご主人さま、誰を殺そうと。
正義が命じるところへだ。さあ、脇へ退いて道を空けろ。
（　　　　　　　　）
お着物を離しませぬ。とんでもない悪事へと逸っておられますから。
テオクリュメノス
奴隷の分際で主人に指図するつもりか。
（　　　　　　　　）
心掛けはまっとうです。
テオクリュメノス
そうは思えぬ。わしに許さぬと言うのなら——

（　　）

テオクリュメノス　あの極悪人の妹を殺すのを――

許すわけにはまいりません。

（　　）

テオクリュメノス　わしを裏切った奴だ――

この上なく敬虔なお方です。

（　　）

すくなくとも立派な裏切り、正義の行為です。

テオクリュメノス　わしの花嫁を他の男に与えおって、

（　　）

すくなくともいちばんふさわしい方に。

テオクリュメノス　わしの持ち物なのに、誰がふさわしいというのだ。

（　　）

お父上から受け継いだあの方が。

テオクリュメノス
いや、あれは運《テュケー》がわたしに与えたものだ。

（　　　　　　　　）必然がそれを奪い去った。

テオクリュメノス
わしを裁こうなんて、もってのほかだぞ。

（　　　　　　　　）でも言うことが正当であるなら。

テオクリュメノス
わしのほうが支配されるのか、支配するのではなく。

（　　　　　　　　）神の御心に添うため、正義に悖《もと》ることはしないために。

テオクリュメノス
どうやら死にたいと見えるな。

（　　　　　　　　）殺しなさい、でも妹御を
殺すのは反対です。さ、わたしのほうを。ご主人さまのために
この身を犠牲にするのは、忠義の奴隷にとってこの上ない名誉です。

（一六一九—一六四一行）

この場面は、エジプト王テオクリュメノスが執拗に求婚していたヘレネが、再会した夫メネラオスと策略を弄してまんまとエジプト脱出に成功したのを受けて、この脱出行に協力したテオクリュメノスの妹テオノエを懲らしめるために、怒り狂ったテオクリュメノスが館内に入ろうとするところである。いまこれを諫止《かんし》しようとする者がいる。それは果たして誰か。右の引用では態《わざ》と括弧を使い、それを明示しなかった。いや明示するのをためらったというのが正しい。ここの話者を誰にするか、従来問題となっている箇所なのである。

二案ある。一つは一六一九—一六二〇行に続けて括弧内すべてを合唱隊とするもの、いま一つはすべての括弧の話者をテオノエに仕える従僕とするものである。中世以来の写本（L写本、codex Laurentianus、P写本、codex Palatinus、いずれも一四世紀のもの）は、括弧の話者をすべて合唱隊（の長）としている。一方、現在わたしたちが手にする代表的な校本（オックスフォード版、ビュデ版、トイプナー版）はいずれもここを従僕としている。

この変更にはもちろん理由がある。その大きな理由となるのは一六三〇行である。そこの「奴隷の分際で」とあるところは、原文では「ドゥーロス・オーン dūlos ōn」であり、「ドゥーロス」は「奴隷」という意味の男性名詞単数主格形、また「オーン」は英語の be 動詞に相当する動詞 eimi の現在分詞男性単数主格形である。ということはいま話者のテオクリュメノスが対話している相手は一人の男性であるということになる。合唱隊は複数（一五人）である。そして本篇のそれはエジプトの地に虜囚となったギリシアの娘たちという設定になっている。これは先のテオクリュメノスの対話の対象としては不適格と言わねばならない。括弧部分の話者は、現行の各テクストのように従僕とするほうがよさそうである。

しかしこれに反論がある。事象を一般論化して言う場合、対象の男女単複を問わず、男性単数形で処理することができるというのである。いま問題の一六三〇行を見ると、主人と奴隷という身分関係の中での被支配者の越権行為が問題となっている。この場合、対象となっているのは特定の男性個人ではなく奴隷階級という身分そのものであると考えるのである。そこにあるのは一般的な主人と奴隷という身分上の対立であって特定の個人同士の対立ではない、一般的な奴隷身分を指して言う場合は対象の性別、数に関係なく、男性単数形で処理してよい、というのである。とすれば、女性で複数の合唱隊をテオクリュメノスのせりふの対象と考えることも不可能ではない。

いま一つ反論が考えられる。括弧の話者を従僕と考えると、彼は一六二七行で合唱隊の長とテオクリュメノスの対話に突然割って入って発言することになる。いったい彼はいつ舞台に登場したのだろうか。悲劇において人物が新規に舞台に登場する場合は、その旨予告されるのが通例である。いまの場合、その予告がない。ということはひょっとして彼は舞台上にいない可能性がある。いなければ当然発言はできない。彼は発言しなかった。すなわち、括弧の話者は彼、従僕ではないということになる。では話者は合唱隊（の長）だろうか。

四・「道を空けろ」

いや、やはり話者は従僕であると考えたい。その理由は一六二八行のテオクリュメノスのせりふにある。行の後半で彼はこう言っている。「さあ、脇へ退いて道を空けろ」と。「脇へ退いて」というのは原文では「エクポドーン ekpodōn」(副詞。「道から離れて」の意)、「道を空けろ」は「アピスタソ aphistaso」(動詞アピステーミ aphistēmi「脇へ追いやる」の現在時制の命令形、二人称単数中・受動形。中・受動形で自動詞的意味になる)である。直訳すれば「汝よ、脇へ退いて離れて立て」となる。命令の対象が単数であることは、ここではもう問題としない。相手が合唱隊であるとしても、その長を発言の対象と考えればそれで済むことだからである。問題なのは、その対象がいまどこにいるかということである。

いまテオクリュメノスは妹テオノエがいる館内へ入ろうとしている。舞台奥の建物スケネ(楽屋)が館と想定されている。その正面入口に向かうところである。その彼の着物を摑んで館内へ入るのを止めようとする者は合唱隊(の長)だろうか、従僕だろうか。どちらを想定したほうがより妥当だろうか。

合唱隊の居場所はオルケストラ(舞台前方の観客席との間の平土間)である。これは劇を通して変わらない。劇の初めに登場して来て、劇の終わりに退場するまで合唱隊はずっとここに居続ける(唯一例外がある。アイスキュロスの『慈しみの女神たち』の冒頭、合唱隊を構成する復讐の女神エリニュスたちはアポロン神殿に擬せられた舞台奥の建物スケネ内にいて、そのあと舞台を通過してオルケストラまで降りて来るという演出法であったと考えられている。ほんの短時間ではあるが舞台を踏むことは踏むのである。第九章参照）。合唱隊（の長）は、テオクリュメノスの背後にいて、背後から舞台上のテオクリュメノスに声をかけ、その着物を摑むことになる。声はともかくとして、オルケストラから舞台上の俳優に手で接触することは可能だろうか。

アテナイのディオニュソス劇場は、悲劇の競演会が回を重ねる毎に、それに応じて整備されてきた。楽屋に使われる建物スケネ（元来、テントもしくは仮小屋という意味）は、文字通り最初のうちは簡素な仮小屋にすぎなかったが、前五世紀半ばの頃には屋根は人間の体重に充分耐えられるだけの強度を保持していたし、また人間をつり下げるクレーン（デウス・エクス・マキナと呼ばれる神の顕現用に主として使われた）も同じ頃には設置されていた。ただし、スケネはじめ劇場の多くの部分はまだ木造だった。全体が石造化されるのは、前四世紀末の時の財務長官リュクルゴス（前出）の手腕にまで待たなければならない。俳優が所作をする舞台はもちろんすでに出来上がっていたが、奥行きは浅く高さもオルケストラの面とほとんど変わらないか、段差があってもわずか一〇～一五センチメートル程度だったとされている。したがって合唱隊の長がテオクリュメノスに手で触れることは、まったく不可能なことではなかったと考えられる。しかし触れ得たとしても背後のオルケストラからだったろう。合唱隊は舞台の上に上がることはできなかったからである。

そういう位置関係にある合唱隊（の長）に向かって一六二八行のようなせりふ「さあ、脇へ退いて道を空けろ」がテオクリュメノスに吐けたかどうか。背後から着物を摑んでいる者に対するせりふとしては不自然極まりないと言わなければなるまい。それは目前の障害物に対してこそ吐けるせりふだろう。いま館内に入ろうとするテオクリュメノスの目の前に、行く手を阻もうとする障害物がある。その障害物に向かって「脇へ退いて道を空けろ」と言う。これは自然である。その障害物が跪いてテオクリュメノスの着物の裾を摑んでいる。その障害物とは従僕に他ならない。王宮の入口へ向かって歩を進めるテオクリュメノスの前に従僕が飛び出して、着物の裾を摑みながら行く手を阻もうとする。阻まれたテオクリュメノスは苛立って「脇へ退いて道を空けろ」と言う。「お着物を離しませぬ」となおも着物を摑んで離そうとしない従僕に向かい、テオクリュメノスは言い放つ、「奴隷の分際で主人に指図するつもりか」と。こう考えるとこの場の状況がスムーズに理解できる。

残る問題は、従僕はいつ登場したかということである。一六二七行の従僕の発言は、それまで彼に関しては何の言及もなかっただけに、いかにも唐突との印象を与える。「びっくり箱」のように突然館内から飛び出して来たというのも不自然であるし、また王に扈従《こじゅう》していた奴隷が突然口を利いたとするのも不自然である。代案として、メネラオス、ヘレネの逃亡を告げに海岸から駆け戻って来た使者が、そのまま居残ってくだんのせりふを吐いた可能性も考えられないことはない。しかし一五二六行から一六一八行まで一〇〇行近い長い報告をした使者は、そこで役目を終えて舞台をあとにしたと想定するのがふつうである。

使者はさておき、従僕の可能性はどうだろうか。たしかに予告なしに登場してはいる。しかし一五一二行に始まるエクソドス（劇の最終場面）にすでにテオクリュメノスに扈従《こじゅう》して登場して来ていた、と考えることも可能ではあるまいか。エクソドスに必要とする俳優の数はテオクリュメノス、使者、それにデウス・エクス・マキナ（機械仕掛けの神）として登場するディオスコロイ（カストル・ポリュデウケスの双子神であるが、カストルがせりふを担当したと想定できる。ポリュデウケスには「だんまり」を使用）の三人である。三人俳優制の下では、もう従僕を演じるための俳優は払底している。しかし使者は一六一八行で退場するから、使者役を演じた俳優は、忙しい目はするけれども、一六四二行に登場するディオスコロイ（カストル）の役を演じることは不可能ではないだろう。使者とディオスコロイ（カストル）が一人の俳優でまかなえるならば、従僕役の俳優は確保できる。三人俳優制は壊されずに済むのである。

一六一九行以下の、先の引用では括弧にしておいた話者を写本の合唱隊に代えて従僕としたのはW・G・クラークである。彼はその論稿（W.G.Clark, Notes on some corrupt and obscure passages in the Helena of Euripides, *Journal of Classical and Sacred Philology* 4 (1858), pp.153-179）で、話者を従僕（プロスポロス）とするよう「私の責任において meo periculo」提唱するとしている。以来マリー校訂のオックスフォード版も、ディグルによるその改訂版も、アルト校訂のトイプナー版も、またグレゴワールとメリディエ校訂のビュデ版も、ここを従僕としている。オックスフォードから出ている悲劇の注釈シリーズのデイルのテクストもこれを踏襲している。わたしたちもこれに倣いたい。それは一六三〇行の男性単数の分詞形を重視するからである。さらにこのクラーク以来の読み方を支持する一つの根拠として、一六二八行をも挙げておきたい。先に述べたように、舞台上の位置関係からこのテオクリュメノスのせりふは合唱隊（の長）を相手としたものとはとうてい読めないからである。ただクラークもデイルも、マリーもディグルも、アルトもグレゴワールとメリディエも、一六二八行については無言である。ポルソンの読みに従って写本の複数二人称命令形を単数二人称命令形に変えることはしているが、テオクリュメノスとその対象となる相手との舞台上の位置関係に関しては何も触れていない。自明のこととしたのだろうか。

一六二八行について発言しているのはバーネットである。バーネットは一六二八行「脇へ退いて道を空けろ」を取り上げて、テオクリュメノスの行く手を阻む従僕の存在を指摘している（Burnett, A.P., *Catastrophe Survived*, Oxford, 1973, p.98, n.17）。これは重要な指摘として銘記される必要がある。

五．脇役誕生

かくして一人の脇役が誕生する。従僕という名の脇役が。この劇の主人公はヘレネである。彼女に対抗する、いわば敵役はテオクリュメノスだろう。さらに彼女の夫メネラオス、テオクリュメノスの妹テオノエが登場する。起こる事件はメネラオス・ヘレネ夫妻の再認（アナグノリシス）と危地からの脱出である。この事件に絡んでテウクロス、テオクリュメノスの館の門番を務める老女、二人の使者という脇役たちが登場する。その脇役の一人に従僕も加えられるのである。この従僕はアリストパネスが『蛙』で指摘したとおり（九四八―九五二行）、主人に負けず劣らずものを言う存在、いや主人の行為を諫止《かんし》までする存在となっている。そしてその行為が主人テオクリュメノスの激怒を買い、成敗されかかる。そのあわやという瞬間に神ディオスコロイがデウス・エクス・マキナとして登場し、テオクリュメノスの手を止める。本篇のデウス・エクス・マキナは、同工の作品『タウリケのイピゲネイア』のように主人公たちの無事脱出を保障するためではなく、またテオノエの命の保障をするためでもなく（いや、当初の目的はそれだったのだが）、じつに一介の奴隷であるこの従僕の命を保障するために出現するのである。そして従僕はそれに価するだけの発言をしている。テオクリュメノスが、ヘレネは偶然がわたしに与えたものだと言うのに対し、従僕は、それを必然が奪ったと言う（一六三六行）。ディオスコロイもまたテオクリュメノスに、「おまえが怒っている結婚はおまえに定められたものではなかったのだ」（一六四六行）と言い、さらに「ヘレネはいままではおまえの家に住むようにと定められていたのだ」（一六五〇―一六五一行）と言う。つまりヘレネがエジプトへ来て住み、また去って行くのは神の定めた必然であったというのである。従僕は冷静にそれを理解し、神ディオスコロイの発言を先取りするかたちでテオクリュメノスに説き明かすのである。このような従僕は単なる尋常な奴隷ではない。神の先触れ、あるいは代弁者とも言い得る存在である。言い負かされそうになったテオクリュメノスは「奴隷の分際で主人に指図するつもりか」（一六三〇行）と激昂し、暴力に訴えようとする。デウス・エクス・マキナによる神の出現はまさにこの力の行使を阻止するためなのである。その発言に軽からぬ意味を賦与されたこの従僕のような脇役の登場は、まさに神によってその存在を認知されたものと言い得るだろう。

そしてこの従僕は、従来合唱隊のものとされていたせりふを、いわば奪い取ることによって初めて成立し得た役柄、登場人物である。クラーク以来のこのせりふの主の取り換えは、合唱隊に代わる舞台上の脇役たちの増加と重用というエウリピデス劇の一連の流れに沿うものだと言い得よう。すでに第二章で見たように合唱隊を俳優に代用したソポクレスと対照的に、エウリピデスは脇役を多く登場は、『ヘレネ』におけるこの従僕の登場はそうした傾向を示す典型的な一例だろう。そしてこれはエウリピデスと同時代の喜劇作家アリストパネスによってすでに認められているエウリピデス劇の一特徴であった（第五章を参照）。古代だけではない、二四〇〇年後の現代でもニーチェがそれを指摘している。ニーチェが『悲劇の誕生』で「エウリピデスは観客席にいる凡庸な一般市民を舞台に上げた」（第一一章）と言っているのは、合唱隊の凋落と脇役の登場という現象を指してのことだと理解しても、強ち間違いとは言えないだろう。しかし一般市民（的人物）を舞台に上げたからといって、その劇が凡庸に堕したとは必ずしも言えないのではないか。アリストパネスは『テスモポリア祭を営む女たち（女だけの祭り）』でムネシロコスに「新しいヘレネにあやかろう」（八五〇行）と言わしめている。この「新しい」という形容辞は「最新の作品」（『ヘレネ』の上演年代は前四一二年、『蛙』のそれは前四〇五年）とか、また「新しいタイプの悲劇」であるとか、「新しく造形されたヘレネ像」であるというふうに解されもするが、そこには従来の悲劇の英雄的主人公に代わって小市民的人物が多数登場し始める傾向、アリストパネスの言葉を借りれば「民主的（デーモクラティコス）」な、そして非悲劇的な傾向が見られるということではあるまいか。アリストパネスはエウリピデスの劇、ことに後期の作品の中にそうした傾向のあることを感知していたらしく思われる。脇役の登場はそうした傾向を支える有力な要因の一つだったのである。

第八章　イオカステはいつ知ったか

ポキス地方の三叉路（川島重成氏提供）

一・出自探求

卓《すぐ》れた芸術作品はさまざまな貌《かお》を持つ。すなわち、時代や場所や読者、視聴者がどのように変わろうとも、その都度彼らが要求するものに応えるだけの多彩な側面、あるいは容量といったものを備えているのである。そうしたものを古典と呼ぶのが世の慣いであるが、ギリシア悲劇においては『オイディプス王』こそ、その第一候補に位置するものだろう。あるとき、と言っても二十年ほど前のことだが、ある出版社の企画で、世の識者に「現存するギリシア悲劇作品のうちであなたがいちばん影響を受けた作品、あるいはいちばん好きな作品は何か」というアンケートを実施したところ、七割がたの人が『オイディプス王』を挙げたとのことである。時を越え、所を越えて、現代のわたしたちにも訴えてくる力が、この作品にはふんだんにあるということだろう。

さて、この作品の持つその魅力とは何だろうか。劇の前半の殺人犯人捜しは世界最古の推理小説（小説ではもちろんないが）とも言われて、観衆そして読者の多大な興味を喚起するところとなっている。加えて主人公オイディプスの自らの出自探求にかける熱意と、探究の結果明らかとなる彼の秘密の残酷さは、わたしたちの心身を根底から揺り動かさずにはいない。出自探究という行為はこの宇宙における人間存在の意義、その位置測定につながる。それは前五世紀のアテナイ人の精神生活を反映するきわめて知的な営為であったと言い得る。そしてそれはまた現代のわたしたちの精神的営為ともつながる。わたしたちは『オイディプス王』を観るたびに、また読むたびに激しくもまた心地よい知的興奮を体感するのである。
右に述べたように、この劇は主人公オイディプスの出自探究がそのテーマとなっている。そして劇の最後のところで、彼は自分の戸籍を探り当てる。彼は故郷のコリントスからやって来た男から、自分がコリントス王の実子ではなく余所で拾われた子供であることを聞き、その間の詳しい事情を知っているテバイの羊飼いを尋問する。尋問が進んで、捨て子（すなわちかつての赤子の自分）がテバイの王家ライオス家に生まれた赤子であることまで知られる。

オイディプス
奴隷か、それともあの人（ライオス）の身内の者か。
羊飼い
ああ、口にするのも恐ろしい切羽詰まったところに追い込まれた。
オイディプス
訊く身のわたしにしてもそうだ。だが訊かねばならぬ。
羊飼い
あの方の御子様だということでした。館内《なか》にいる奥方様こそその間の事情をお話しするのにもっともふさわしい方。
オイディプス
では彼女《あれ》がおまえに手渡したのか。

羊飼い　　　　　　　　　　その通りです、王様。
オイディプス　なんのためだ。
羊飼い　　始末せよと。
オイディプス　無惨な！　自分で生んでおきながらか。
羊飼い　　　　　　禍々しい神託に怖れ戦《おのの》いてのこと。
オイディプス　どのような。
羊飼い　　その子は親を殺すことになるというお告げでした。
オイディプス　ではなぜおまえはこの老人（コリントスの男）に手渡したのだ。
羊飼い　不憫だったからです、ご主人様。この者が他国へ

連れ去ってくれようと。その生まれた在所へ。ところが
彼が助けたことが大変な禍を生むことになりました。もしもあなたが
この者の言うとおりのお方であれば、あなたは生まれついての不幸なお方。

オイディプス

おう、おう。すべてが明らかとなったようだ。
陽の光よ、あなたを目にするのもこれが最後となるように——
この身が生まれてはならぬ人から生まれ、添うてはならぬ人と
添い、殺すべきでなかった人を殺したことが明白となったからには。

（一一六八—一一八五行）

ここに至ってオイディプスは自らの出自も、またそれにまつわる不幸な身の定めもすべて知ることになる。過去の秘密を共有するイオカステは、オイディプスに先立ってそれを察知し、すでに館内に姿を消している。

話が前後するが、これより前、コリントスから来た男は、オイディプスがコリントス王夫妻の実子ではなくて捨て子を貰って王家が育てたものだと言う。そしてその捨て子をくれたテバイの男（かつてライオス王横死の折に一人逃げ帰って来た男、そしていまは田舎で羊飼いをしている男、そしてオイディプスがライオス王殺害事件の解明に証人として呼び出そうとしている男）に話が及ぶ条りがある。

合唱隊の長
どうやらその男こそさっきから会いたいとおっしゃっている
あの田舎住まいの男にちがいありません。でもそのことなら
このイオカステ様にお話しいただくのがいちばんかと思います。
オイディプス
后よ、ほらあれだ、さっき呼びにやらせた
あの男のことだ。この者の言うのはあの男のことではないか。
イオカステ
なぜこの者の言うことを？　いっさい気になさることはありません。
お忘れ下さい、取るに足らぬ話です。

（一〇五一―一〇五七行）

九八七行で口を利いて以来、これまでずっとコリントスの男とオイディプスの遣り取りを側で聞いていたイオカステが、一〇五六行に至ってこう発言する。どうやらここでイオカステはすべての秘密を、すなわち夫オイディプスが実は我が子であり、またライオスを殺した犯人でもあることを知ったのである。秘密を知った彼女は、オイディプスにはそれを知らせまいと、追求に逸《はや》るオイディプス王を阻止しようとする。しかしオイディプスは追求を止めない。絶望したイオカステはこのあとすぐ館

内へ駆け込んで行く。そのあと、先に述べたように、オイディプスは羊飼いを責めて真実を聞き出すことになる。このようにイオカステはオイディプスに僅かに先んじて真実に到達した――従来はそう解釈されてきた。しかしイオカステはもっと以前に、具体的には七九三行の時点ですべての秘密を察知したとする説がある。どうだろうか。はたしてそうだろうか。ちょっと検討してみる必要がある。

二、イオカステが早々と

この早い時期でのイオカステの察知を主張するのは川島重成氏である。彼はその著「『オイディプース王』を読む」（講談社学術文庫、一九九六年）およびこれの改訂版「アポロンの光と闇のもとに――ギリシア悲劇『オイディプス王』解釈」（三陸書房、二〇〇四年）でこの説を展開している。要約すれば、第二エペイソディオンにおけるイオカステの二度にわたる予言者および神託批判を相互に比較して、その間に差異を読み取り、その差異は彼女が自分とオイディプスとの親子関係を察知したことに因るとする。そして彼女の親子関係の察知は、彼女とオイディプス両者に下った神託の共通する部分「息子の父親殺し」を七九三行において発見したことに因るとするのである。

まず話の流れを簡単に見ておきたい。オイディプスは、第一エペイソディオンで、予言者テイレシアスからテバイの前の王ライオスを殺害したのはあなたオイディプスだと名指しで告発される。身に覚えのない言い掛かりに激怒したオイディプスは、これはテイレシアスとクレオンが共謀して起こした王位転覆のクーデタであると断定する。これを聞き知ったクレオンは第二エペイソディオンでオイディプスに抗議し、両者激しい口論を展開したあげく、オイディプスはクレオンに死刑を宣告する。しかしイオカステ、合唱隊らの取りなしがあって宣告は撤回され、クレオンは退場する。イオカステは口論のわけをオイディプスに尋ねる。オイディプスは怒りのなおも止まぬままに、原因はテイレシアスの告発（オイディプスをライオス殺害犯と特定）にあると答える。このオイディプスの怒りを鎮めようと、イオカステは予言者（神意を人間界に取り次ぐ人間）の言うことは当てにならぬから気にする必要はないとして、自分の体験を語る。

かつてライオス・イオカステ夫妻に神託が下った。それは神そのものの口からではなく、神意を取り次ぐ人間（予言者）を通してのものだったが、言うところの内容は生まれてくる子供が父親を殺害するであろうというものだった。怖れ驚いた二人は生まれて三日も経たぬ男の赤子を召使に命じて山中深くに捨てさせ、難を逃れようとした。一方ライオスは、のちに旅の途中、キタイロン山中の三叉路で他国の盗賊どもに襲われ、殺害された。子供は赤子の時分にすでに死に、父親は盗賊どもに殺された。かくして神託は成就することなく終わった。それゆえ神の意を取り次ぐことを仕事とするような徒輩の言うことは信ずるに足らないから、予言者テイレシアスの言も妄言として無視せよというのであった。

しかし話を聞いていたオイディプスは激しい動揺を見せる。中に出てきた「三叉路」の一語が自分の起こした殺人事件を想起させたからである。彼もまたキタイロン山中の「三叉路」で争いに巻き込まれ、人を殺めたことがあったのだ。

この事件は同じものではあるまいか、予言者テイレシアスの言ったことは真実ではないか――強い不安感が胸中に湧き起こる。彼はイオカステに自分のほうの事件、そこに至る経緯を語って聞かせる。若い頃、自分の出生に疑いを抱き、実の両親の名を求めてデルポイに神託詣をしたこと、その彼に「父殺しと母子相姦」を犯すという怖ろしい神託が下されたこと、神託の成就を怖れて郷里コリントスへは帰らず、旅に出たこと、その旅の途中、キタイロンの三叉路でくだんの事件を犯したこと、などである。

二つの事件は個々の点で酷似する。ただ違うのは殺害犯人の数である。ライオス事件の犯人は逃げ帰った生き証人の言によれば複数(盗賊ども)だが、オイディプスの事件は彼の単独犯である。ライオス事件の犯人の数を確定するために、オイディプスは現場に居あわせた生き証人(かつてのライオス家の召使でいまは羊飼いの男)の召喚をイオカステに要請する。もし生き証人が犯人は複数であったと言えば、二つの事件は別件である。だが、前言を翻して単独犯であったと言えば、この事件は同一事件であったことになり、自分すなわちオイディプスが真犯人と決定する。これを聞いたイオカステは、証人喚問の件は快く承知しながらも、奇妙な一言を付け加える。あの男は以前は犯人は複数であったことを皆の前で公言した。いまさらそれを翻すことはない、たとえ翻して単独犯となっても、ライオスの死は神託どおりではなかった。なぜならアポロンの言葉では下手人となるべき我が子は、赤子のときにすでに死んでいるのだから。それゆえわたしは今後神託の告げることは一切気にかけないことにすると言うのである。

さて川島氏はこうした話の流れをどのように読み取って、イオカステはすでにもうこの時点でオイディプスの背後に隠された秘密を察知したと言うのだろうか。

三．二度の批判

先に見たように。第二エペイソディオンの後半でイオカステは二度にわたって予言者ないしは神託批判を行う。最初は、予言者テイレシアスからライオス王殺しの犯人扱いされて激怒したオイディプスの怒りを鎮めようとしてなされた予言者批判である。神の口からの直接の託宣ではなく、それを取り次ぐ予言者の言説は妄言ゆえに黙過するべしというのであった。ところがその例として話したイオカステの体験談中の「三叉路」の一語に鋭く反応して喚起されたオイディプスの不安を鎮めるべく、イオカステは再び神託批判を繰り返す。自分に下った神託はけっきょく成就しなかったと。二つの神託批判は、一はオイディプスの怒りを、他はオイディプスの不安をそれぞれ鎮めるためのものだった。ふつうはそう解されている。しかし川島氏はこれに異を唱える。

第一の予言者批判はオイディプスの怒りを鎮めるためのものであった。これは問題ない。しかし第二の神託批判はどうか。「従来、イオカステはこのオイディプスの不安を取り去ろうとして、かの神託をここで再び持ち出したと理解されてきた。はたしてそうであろうか」(『アポロンの光と闇のもとに』一一一頁)。違うと言うのである。彼女は「たとえ単独犯であっても、神託に言う下手人は赤子のときに死んでいるから、神託は成就しなかったことになる」という言い方をするが、しかし仮定部分が現実となって単独犯説が確定すると、それでもイオカステの論理は覆えされることはないが、単独犯説はすなわちオイディプス犯行説であるから、これを聞かされるオイディプスの不安は募りこそすれ、鎮められることはない。川島氏は「そもそもイオカステがこれを仮定したということそれ自体が問題ではなかろうか」(同書、一一二頁)と言う。そのとおりである。つまり不安解消という点からすれば、第二の神託批判はかなり的はずれな言説ということになる。ではなぜそのような主張をイオカステはしたのか。その動機は何であるのか。またその批判の向けられる真の対象は何か。

最初の批判の動機そして目的は、オイディプスの怒りの鎮静である。その対象は神託を下した神アポロンではなく、それを取り次いだ予言者である。予言者という範疇にはテイレシアスも含まれる。従って、テイレシアスの告発を批判してオイディプスの怒りを鎮めるのに自らの体験談(予言者によって取り次がれ、かつ成就しなかった神託)を持ち出したのは妥当な処置であったと言える。いわばその批判は予言者一般に向けられたものだった。

ところが、第二の批判は予言者批判ではない。そこでは(ライオスは)我が子の手にかかって死ぬ定めだと、ロクシアス(アポロン)が(直に)言ったとなっていて、明らかにアポロン自身が批判の対象とされている。これを踏まえて川島氏は次のように言う、「第一の言及においては、ライオスに下された神託は、この世の人間には予言の術をなしうる者は誰ひとりいない(七〇八—〇九)という一般的な命題のための例証として、用いられていることは明らかである(「そのことを示す何よりの証拠を、手みじかにお話しいたしましょう」[七一〇])が、第二の場合は、かのライオスに下された神託が成就しなかったことそれ自体が、イオカステによって非難の的にされている(「王よ、すくなくともライオスの殺害が、ほんとうにお告げのとおりにおこなわれたということだけは、けっして示されぬでありましょう」[八五二—五三])。また両者の結語の部分を比較すると、前者では、「あなたは何も、それを気にかけることはございませぬ」(七二四)とイオカステはオイディプスを慰めようとしており、心をオイディプスに向けて開いているのに対して、後者では、「さればもうこれからは、わたくしは神の告げる予言のために、くよくよと思いわずらうようなことは、けっしていたさぬでございましょう」(八五七―七八)と、自分の断固とした決意を宣言している。彼女は自分のなかに閉じこもろうとしていると言えるのではなかろうか。この相違は、いままで論述してきたところと合わせ考えるとき、きわめて重要な問題を指し示していると言わねばならない」(同上、一一六―一一七頁)と。指し示されている重要な問題と川島氏が言うのは、イオカステによる秘密察知である。「秘密察知」が直ちに結論されるか否かは、このあとの検討に委ねるとして、ここまでの状況分析は的確であると思われる。二つの批判が、一は予言者批判であり、他は神託そのものの批判であること、一はオイディプスの怒りを鎮めるのに効果あるが、他はその不安を鎮めるに効果はない、否そこではオイディプスの不安そのものが対象とはされていない――これはまさにそのとおりであると言える。

ここから川島氏は、二つの批判の間に介在する相違は、あるイオカステの発見に由来すると主張する。その発見を前提とすることではじめて「イオカステの神託への二回目の言及の意義、その一回目との内容上の差異のみならず、第三エペイソディオンで彼女が繰り返す迫力にみちた神託否認の意味を正しく捉えることができるようになるのではなかろうか」(同書、一二三頁)。

ではその発見とは何か。それはライオス・イオカステ夫婦に下った神託とオイディプスに下った神託双方に共通する項目「子供による父親殺し」の発見である。川島氏は言う、「しかしこのように彼がいわば通りすがりに言及したアポロンの神託の内容がイオカステにとっては決定的な意味を持った、とわれわれは解するのである。［……］テイレシアスのオイディプスに対する告発が、彼女の図らずも口にした〈三叉路〉の一言と結びついただけでも、事態はすでにきわめて深刻であった。それに加えて、ライオスとオイディプスのそれぞれに下された予言が合わせ考えられる時、それらがあいまって指し示すものは果たして何であろうか。ここで（七九三）イオカステはオイディプスの素姓を決定的に知らされたと考えることができるのではなかろうか。そう解することではじめて、イオカステの神託への二回目の言及の意義、その一回目との内容上の差異のみならず、第三エペイソディオンで彼女が繰り返す迫力にみちた神託否認の意味を正しく捉えることができるようになるのではなかろうか」（同書、一二三頁）。

この七九三行での「発見」は、二つの批判（予言者および神託批判）の中間に位置する。オイディプスの素姓を知る前と知った後とでは、イオカステはその心境に激変と言ってよいほどの変化を来したことだろう。二つの批判の間に介在する語調、内容の差異はこれに由来すると考えられる。そして発見のあと、イオカステは一つの決意をする（と川島氏は言う）。「その決意とは、オイディプスが自分の素姓を知ることだけはどうしてもあってはならないということ、そして彼女もそれを認めることをあくまで拒否すること、換言すれば、赤子が死に渡されたと主張しつづけることであり、それにより、アポロンの神託は成就しなかったと断言することであった。そしてこの最後の砦だけは護り抜こうとするイオカステの必死の抵抗がここから始まった、と解したい」（同書、一三〇頁）。

この主張を認めるとすれば、七九三行での「発見」後最初に発せられる八三八行のイオカステのせりふ以降、彼女の言辞と行動のすべてを「発見」を胸中に秘めた上での表面を糊塗する「お芝居」として、わたしたちは読まなければならなくなる。このあとしばらくして彼女は自らの命を絶つことになるが、それまでの間続けられるこの「お芝居」は劇にどのような意味を与えるものとなるのだろうか。それよりも以下の第三エペイソディオンでこの「お芝居」が破綻を見せるようなことはないだろうか。

四．知ったとすれば

いや、その前に考察しておきたい。事の真相をオイディプスより先に知ってしまったイオカステは、ふつうならそのあとどう行動するものだろうか。それはどのように想定できるだろうか。行動の選択肢はいくつか考えられる。

一つには、オイディプスの素姓を知り、かつての神託が狂いなく成就したことを知ったイオカステはその時点で直ちに、つまり再度の神託批判をすることもなく、自らの犯した罪を恥じて自裁しようとするのではないか。じっさい彼女はそうした。いま川島説に従って察知の時点を繰り上げるとした場合でも同様だろう。七九三行ですべてを察知したのであれば、そのあとそれほど間を置かずに自裁するというのが一つの考え方である。

二つには知り得た秘密を公にするということも考えられる。罪の重荷に耐えかねてということもあるが、そうすることが悪疫の流行によって危機的状況に置かれている祖国テバイを救う途でもあるからである。王妃としての彼女に国を思う気持が欠如していたとは考えられない。第三エペイソディオン冒頭に、錯乱状態に陥った国守オイディプスを見限り、国の前途を憂えるあまりに花飾りと香を手にして神々の社に詣でる彼女の姿がある。そして彼女はまた、国を救うためには、ライオス王殺害犯人を捕えて処刑するか国外追放に処すればよい、というアポロンの神託を知っているはずである。オイディプスが犯人であると知った以上、我が子であってもこれを告発し、国の窮状を救うのも一つの選択肢である（先の第三エペイソディオン冒頭で、彼女はアポロンに「わたしどもに穢れを祓う救いをもたらしてくださるように」（九二一行）と祈願しているが、祈願せずとも彼女は穢れを祓う方法は先刻承知しているわけである）。

だが、自裁もできず告発もできない彼女に残された選択肢は、察知した事実を秘め隠したまま生き続けることしかない。川島氏は、この第三の途をイオカステは選択したと言うのだろう。そして川島氏によれば、イオカステはここである決意をした。その決意とは、先述のとおり（一八八頁）、まず一つはオイディプスに自分の素姓を気づかせぬこと、そして二つ目は神託の成就をかたくなに否定することである。くだんの二度目の神託批判は、この決意の二つ目の条項から結果したものだろう。

さてしかし、一つ目の条項はどうだろうか。決意は実行に移されていると言えるだろうか。というのは、羊飼いの召喚の件である。いま田舎住まいをしている羊飼いはその昔ライオス家の召使で、赤子のオイディプスを山中に捨てて来いと託された男である。そしてまたかつてライオス王の従者として三叉路での襲撃に遭遇し、ただ一人逃げ帰った男でもある。オイディプスの過去にまつわる情報を豊富に持ち合わせている。いまオイディプスは、この男をライオス王襲撃事件の犯人の人数を特定するために生き証人として召喚しようとしている。その尋問の際、成り行き次第で過去の捨て子の件に話が及ぶかもしれない。彼は危険な証人である。

オイディプスの過去を知る人間にはまずテイレシアスがいる。彼はそのオイディプスの過去に関する情報をオイディプスに開示したが、聞き入れられなかった。次には、川島説によると、イオカステである。しかし彼女は口をつぐむことを決意している。残るは羊飼いである。オイディプスの素姓に関する秘密が洩れそうなのは彼の口からだけである（実際に秘密漏洩に大きな働きをするのはコリントスからの使者であるが、この時点でまだ登場していない。彼女にはその登場を予想することすらできない。またその登場を彼女に阻止する術もない）。オイディプスに自らの過去の秘密を知らせまいとするなら、彼女は彼を警戒し、できればオイディプスと彼とを会わせないために召喚をやめさせたいところである。しかるにイオカステはオイディプスの求めるがまま、唯々諾々とこの召喚を承知する。オイディプスの素姓を知ったとされる七九三行以前も、それ以後も気軽で協力的なその語調は変わらない。「おやすいことです」（七六六行）、「きっと来るようにいたしましょう」（七六九行）、そして「大急ぎで人を遣ります。ですからさあ、館内へ入りましょう。あなたのお気に召さぬことは何ひとつせぬわたしです」（八六一—八六二行）と。この最後のせりふは、オイディプスには決してその秘密を知らせまいとしたイオカステの決意とはいささか、いや大いにそぐわないせりふではあるまいか。逆に七九三行以前と違って、ここはオイディプスの要求に異を唱えるような言葉こそ欲しいところではないか。そうあってこそ観客は違和感を持ち、イオカステの心中の変化を推し量ることができると思われる。

さてもう一点はイオカステによる頑な神託批判、神託成就の否認である。ふつうこの二度目の神託批判の箇所は、「三叉路」の一言によって喚起され増幅されたオイディプスの不安（己はライオス王殺害犯人ではないか）を鎮静慰撫するものと解釈されている。しかしよく読むと川島氏が言うとおり、それは不安感の鎮静慰撫の用をなしてはいない。仮定形ではあるが、証人の羊飼いが「もし前言を翻すと」という言いまわしは、複数犯人説が覆って単独犯すなわちオイディプス犯行説となり、不安感の鎮静慰撫とはまったく逆の結果をもたらすことになる。しかしそれはそれとして、イオカステの口を洩れる過去の神託の成就否認、および今後はいかなる神託も無視するとの結語は、川島氏が言うように、イオカステがオイディプスの素姓を知ったことを前提にしなければ解釈できないことだろうか。

二度目の神託批判を呼び出したのは、七九三行におけるオイディプスの素姓察知のゆえというよりも、最初の神託批判の中の「三叉路」の一語によって強い不安感を喚起され、予言者テイレシアスの言うところを信じ始めたオイディプスを見て、それに対抗し自らの論理の正当性をいま一度アピールするためである、とわたしには思える。最初の神託批判で彼女の論理を支えているものは二つある。複数犯人説と赤子の死である。ところで、それまで犯人は複数であったと言っていた「あの者（羊飼い）が前言を翻す」（八五一行）とは、つまり単独犯であったと言い直すことであり、これは予言者テイレシアスの告発が当たることを意味する。つまり予言者、神意を取り次ぐ役割の者の言ったことが当たりそうになった。そこでイオカステは否定の第二段として赤子の死を持ち出し、神託はやはり当たらないと強調しているのである。ここでのイオカステの発言はオイディプスの不安を鎮めるという本来そうあるべき目的を放棄して、むしろ最初のオイディプスの怒りを鎮めるための話の辻褄を合わすことのほうに向けられ、その論理の修復に力が費やされている。結果として不安を鎮める役割は果たされていない。しかしこうしたことの理由に、イオカステによるオイディプスの素姓察知まで考える必要はないのではないか。そもそもイオカステはオイディプスの素姓を知ったあと、すなわち神託が成就したことを知ったあと、たとえ自裁はしないとしても、なおも神託批判を続けるだろうか。神威を恐れ、また自らの犯した罪（母子相姦）の重さに打ち拉がれて呆然自失状態となるのが最も自然であるとわたしには思われるが、どうだろう。神託批判は、神威の大きさに気づかぬ者の暴慢のなせる行為だろう（第三エペイソディオンのイオカステがこれに相当する）。三つ目の選択肢、すなわち自裁もできず告発もせずそのまま生き延びることを選択しても、それがそのまま神託批判につながるとは限らないということも、一考しておく必要がある。

五．不自然なお芝居

では第三エペイソディオン以降、劇の後半部は川島説とどう折り合うだろうか。

第三エペイソディオンの冒頭、イオカステが手に花飾りと香を持って登場する。神々への祈願のためである。何のため祈願か。イオカステは言う、いまオイディプスは自分がライオス王の殺害者ではあるまいかとの不安感から錯乱状態に陥り、せっかくの彼女の忠告も耳に入らない。すなわち「古きを顧みて新しきを知ろうと／しない」（九一五―九一六行）ゆえに、これ以上はその指導的立場を信頼できぬと悟って、神々の許へ、中でもちょうどいちばん近いところに祭壇があったアポロン神の許へ「わたしどもに穢れを祓う救いをもたらして下さるように」（九二一行）祈願に参上したと。この彼女の言辞様態を、従来どおりイオカステはまだオイディプスの素姓を知らないとして、まず考察してみる。

ここに言う「穢れを祓う」の「穢れ」とは、通常言われているようなオイディプスの穢れを指すものではない。イオカステはオイディプスを、また自分をも穢れた存在であるとは思っていないはずだからである。先ほど彼女はライオス殺害の罪にまつわるオイディプスの穢れ（オイディプスの思い込み）を、神託批判にかこつけて否定し去ったのではなかったか。オイディプスを評して「古きを顧みて新しきを知ろうとしない」と言い切るところに、この件に関する彼女の並々ならぬ自信が読み取れよう。アポロン神の祭壇に詣でたのは、彼女の意識ではそれとは異なる穢れ、劇の冒頭からテバイの市民を悩ませていた国土の穢れを祓うためでなければならない。九二一行の「わたしども」は、九二二行の「（われらテバイ市民）すべて」を指すのである。船（国家）の長（統治者）としては今や頼り甲斐のないオイディプスを見限ったイオカステは、オイディプスに代わって、いまテバイの国に降りかかっている禍からの救済を改めて神々に祈願するのである。

劇の冒頭に、テバイ市民が国土を襲った禍（悪疫の流行）からの救済を求めてオイディプスの館に押しかけるシーンがある。市民らはいまのイオカステと同様に嘆願者の印として羊毛を巻きつけた小枝を手に、オイディプスに「救いの道をわれらに示したまえ」（四二行）と言った。そこではまた船が国家を表徴する比喩として使われていた（五六行）。両場面の共通性は明らかである。これにさらにパロドス（合唱隊入場の場）における合唱隊による神々への嘆願シーンも加えてよい。三者いずれもテバイを襲った未曾有の禍からの救済祈願である。それはこの劇を動かし始める動因であり、また劇前半を通底する基調音であった。いまイオカステは、国土の穢れを払拭し去る人物として期待されたオイディプスの不甲斐なさに業を煮やし、自らテバイ市民の代表として改めてその救済法を神に問い願おうとしているのである。劇は再び振り出しに戻ったことになる。オイディプスが試みた救済法（アポロンの神託に従ってライオス殺害犯人を検挙し処罰すること）は中途半端のままに放置される。

この場面を、しかしイオカステがすでにオイディプスの素姓を知っているとして読み直すとどうなるだろうか。いま舞台上にいるのはイオカステ一人である。しかしその喋るせりふは独白ではない。オルケストラにいる合唱隊が聞いているものとして喋っている。それゆえ表向きは、彼女はまだオイディプスの素姓は知らぬものとして振舞うことになる。錯乱状態にあるオイディプスを嗤う姿は偽られた表向きのそれである。真実を知った自分こそ錯乱して不思議ないのに、穢れた罪を共有するオイディプスを何で嗤えようか。

それはさておき、ここで問題となるのは彼女がアポロンの神に禍からの救済を祈願することである。アポロンはすでにテバイの国土の救済方法を示している。前王ライオス殺害犯人を処罰して血の穢れを払えというのである。イオカステもそれを承知しているはずである。そして彼女はその殺害犯人を知っている。しかし彼女は先に示されたこの救済方法を採らず、新たな救済方法をまたアポロンに祈願し請求している。これは子供を思う屈折した心情に煽られた不憫な母親の姿であると解すべきだろうか。それともその意をいささか解しかねる馬鹿げた場面設定であると見るべきだろうか。オイディプスの素姓も国土の救済方法もすべてを知った上でのこのイオカステの行動は、またそういうイオカステを登場させるこの場面は、それが「お芝居」であるとしても、劇にとって意味あるものとはとうてい思われない。

このイオカステの祈願の場に続いてコリントスからの使者が登場し、コリントス王ポリュボスの死を告げる。オイディプスの父親とされている（が血縁関係はない）人物である。これを聞いたイオカステは、オイディプスに下された「父親殺し」の神託が成就しなかったとして、またもや激しい神託批判を展開する。川島説に則れば、このときイオカステは「父親殺し」の神託がすでに成就してしまったことを知っている。その上でポリュボスの死という願ってもない最新情報を活用して、オイディプスに神託の不確実性を納得させようとする。父ポリュボスは息子オイディプスの手にかかることなく死去したと。そして神託の呪縛を逃れ安堵したオイディプスは、以後戸籍調べをすることを中止するだろう。自分たちが共有する醜悪な関係、その穢れた罪には気づかずに済むだろう……。

しかしながらこの場のイオカステの言辞様態は、真実を知っていることを前提とした演技とはとうてい思えぬほどの迫真力がある。子を思う母親の身にはどのような演技も可能であると、言えば言える。しかしいかに母親といえども、突然もたらされた予期せぬ情報の利用価値を瞬時に見破り、見事に活用する手腕は驚嘆ものと言わざるを得ない。演技にしてはあまりに完璧すぎるのである。近代劇であれば、「よし、こいつはいい、ひとつ利用してやろう」といった類の傍白が考えられるところである。この場のイオカステの言葉には真正な驚きと喜びが表出されている。ふつうにそう読める。そこには演技にはどうしても伴いがちな作為の生み出す不自然さ、濁りのようなものは窺えない。そう言ってよいのではなかろうか。

ポリュボスの死の報告は、オイディプスを喜ばせ安心させる。「父親殺し」の神託の呪縛を逃れたからである。しかしまだ神託の半分「母子相姦」が残っている。それを心配する彼にイオカステは「テュケー論」とも言うべきものをぶって、心配を取り除こうとする。人生はテュケー（運、めぐり合わせ）次第、何一つ確かなものはない。成り行きまかせに生きるのが最上と言うのである。そして母子相姦を心配するオイディプスに、男は誰しも夢の中で母親と枕を交わしたことがある、そんなことは一切気にせず生きるべしと諭す。

いまこれを川島説に拠って読むと、虚と実との乖離が生み出す異常さに憮然たる思いを禁じ得ない。いうまでもなくすべては神託どおりに事は行われている。そしてイオカステはそれを知っている。この世は神（人間を越える巨大な力）の計画どおりに運営されている。それを知りながら彼女はこの世はテュケーのままに動く、と異を唱える。川島氏は、七九三行でイオカステがオイディプスの素姓を知ったあと、この秘密をオイディプスには決して気づかせないようにすること、そして自分は神託の成就を決して認めないことを決意した、としている。そのイオカステがいま神の支配（神託成就）に反抗するようなテュケー論をぶつのは自然であると言えるかもしれない。事実に基づかない虚妄の論理であることは百も承知で躍起になって神託成就の事実を否定し、狂信的なテュケー礼讃を展開するのである（ただしこのイオカステのテュケー論は、いまの彼女の特殊な心理状態を反映したものと言えると同時に、そうでもないとも言えないことはない。その言辞様態は、オイディプスの素姓を知っていないと出てこない態のものでは、必ずしもない。知っていても、いなくても変わりなく読める場面だと思われる）。

それよりも問題なのは母子相姦に関するイオカステの見解だろう。母親（と想定されている）メロペとの結婚の可能性に不安を表明するオイディプスを、イオカステは男は誰も夢の中で母親と枕を交わすものだから、案ずることはないと言って安心させようとする。このときのイオカステはオイディプスとの間にすでに母子相姦を犯したあとである。かつて彼女とライオスに下った神託には「母子相姦」は含まれていなかったと考えられる。それゆえに七九三行でその事実を認知させられたときの驚きは、青天の霹靂といったものだったろう。加えて罪と恥の意識はたとえようもなく大きなものだったろうと推測される。その彼女がいま、テュケーが支配するこの世界においてはそれも成り行きの一齣だと、それを肯定するような、また自らの罪と恥を糊塗し去るようなものの言い方をしている。まことにおぞましいとしか言いようがない。このようなイオカステ像の造型は、はたして作者ソポクレスの意図するところだったろうか。

コリントスから来た使者はいま一つの情報を提供する。母子相姦の神託を恐れるオイディプスに向かって、あなたはコリントス王ポリュボスと后メロペの子供ではない、だからメロペと結婚する事態になっても母子相姦を犯すわけではないというのである。驚いたオイディプスは、では自分は誰の子供なのかと問う。かつての出自探究がここで再び始まる。ところがこの事態に際してイオカステは何の処置も講じない。黙って手を拱《こまね》いているだけである。川島説に言う「オイディプスが自分の素姓を知ることだけはどうしてもあってはならない」というのであれば、ここでイオカステはオイディプスの出自探索行為阻止に腰を上げねばならないはずである。話が進んでオイディプスが捨て子であったことが明らかになる。イオカステが命じて捨てさせたかつての召使が、ライオス殺害事件の証人としてもうすぐ登場してくることになっている。安閑としている場合ではない。オイディプスを真実に近づけさせないために、彼女はあらゆる努力を払うべきだろう。しかし彼女は何の行動も起こさない。成り行きにまかせるだけである。この彼女の態度は解し難い。先のあの決意はどこへ行ってしまったのか。

この不自然さは、彼女が七九三行でオイディプスの素姓を知ってしまったとして劇を読むその無理さ加減に起因するものと、わたしには思われる。

六．机上の試論

この章の冒頭に書いたように、この劇はさまざまな読み方が可能である。わたしたちは誰も自分独自の読み方を提唱したい誘惑に駆られる。これまで批判的に取り上げてきた川島氏の提唱する読み方もその一つである。ただむつかしいのは、文学作品の受容にはこれが正解というものがどうやら無いことである。作品は一度作者の手を離れると、作者でさえ、一受容者たることを要求する独立性を持つ。その解釈は人により、時代により、場所により、さまざまである。独断的でも偏見に満ちていようとも、説得性に富む解釈であれば許されよう。

川島氏の説はたいへん興味深い。イオカステの二度にわたる神託批判の相互に介在する差異と七九三行における「父殺し」の神託とを結びつける感覚の鋭さには感心させられる。しかしわたしがこれに全面的に讃意を表し得ないのは、劇全体として見るとそこに不自然さが残るからである。その思いを右に列挙してきたが（不充分との誇りは甘んじて受けるが）、不賛成の理由の最大のものは、この劇はイオカステという人物像にそれほどまでの明察を必要としていないはずだということである。『オイディプス王』という作品は、主人公のオイディプスが自分の戸籍調べから出発してこの世界における自分の存在理由まで問い詰めようという劇である。明察の人と言われる彼のその事実探究の過程は、決して平坦なものではない。紆余曲折が繰り返される。明察の人といえども、いざ自分のこととなるとその観察眼は曇るのである。その彼が紆余曲折ののちに真実に辿り着くところに、わたしたちは共感を覚える。自分のことでは目が見えないという、わたしたちとその点では変わらない彼が懸命な探究を続けているときに、すべてを知ってしまったイオカステを配するのは如何なものだろうか。

だが川島氏の見解は違う。彼はその説に反対するある論者に対して以下のように言う（イオカステがオイディプスに先んじて「子供による父殺し」という神託の一致から、早々とオイディプスの素姓を察知した七九三行に関連する条りである）。「しかし、オイディプスが二つの神託の一致に気づかないからといって、イオカステもそうだと考える必要はないであろう。二人の間にその意味での対応を見ようとすることは、オイディプスとイオカステの人間性の意味深い差異を見誤らせることにもなろう。ソポクレスは、スピンクスの謎を解いた「知者」オイディプスが自分の真実――アポロンの真理――に関するかぎり何も知らないのみならず、それに気づくのも最も遅い、というアイロニーを意図しているのである。とすれば、オイディプスのような「知者」でなく、したがってオイディプスほど「愚者」でもないイオカステが、オイディプスと同じように気づかない、その意味で両者が対応すると考えることは、不必要であるばかりか、この悲劇の知と無知をめぐる中心主題に関わるソポクレスの作劇意図を誤解することになろう」(同書、一二五頁、注一〇)と。

引用文の最後にあるように、ソポクレスの作劇意図が知と無知をめぐるものであることには異論はない。ただそれがオイディプスとイオカステという二人の対置関係の中でではなくて、オイディプスという個人の中で、自分の戸籍調べという探究行為を通してなされるというのが、わたしの作品解釈の立場である。イオカステは川島氏が主張するほどのこの「中心主題」に関与していないのではないか。イオカステにそこまでの明察を求めるには作品『イオカステ』が改めて書かれる必要があるだろう。自他ともに良く識る明察の人は、テイレシアス一人で充分なのである(しかも彼はいつまでも舞台にいてはいけない)。

いま一つ付け加えたい。劇という表現形式は、受容の手段が読むことだけに限定される小説などと違って、視覚と聴覚に訴えることによってはるかに直接的、具体的に受容者に作者の意図するところを伝えることができる。それでいて、しかし上演は一回的で繰り返しがきかぬから、逆にそれだけ観客にわかるように具体的表現を必要とするということになる。主人公の込み入った心理状態や複雑な人間関係などは、適宜説明を施して観客の理解を助けるようにしなければならない。小説のようにページを前に繰って読み返すことはできないからである。

いまイオカステという人物像の二重性に関して言えば、それを観客が理解するためにはより具体的なサインを必要とするのではあるまいか。たとえば独白あるいは傍白という手段がある。オイディプスの素姓を察知したがゆえの苦悩を、それを使って表示することはじゅうぶん可能である。独白も傍白もギリシア悲劇と無縁の表現、あるいは演出手段ではない。エウリピデスは『メデイア』で子供殺し直前のメデイアに「独白」を使ってその揺れる心中を表白させたし、また同じく『ヘカベ』では、ヘカベが子供の復讐の援助を敵将アガメムノンに嘆願する際の逡巡ぶりを「傍白」を使って表示させている。もしイオカステの場合もそれが使われてあれば、素姓察知の事実が明白に観客に理解され、その後の陰影に富むイオカステの人間像が観客の共感の対象となったことだろう。先に述べたように、証人（羊飼）の召喚を渋る姿を見せるだけでもよい。素姓察知を観客に秘密にする必要は、一切ないのだ。劇中人物のオイディプスには真実を知らせまいとして「お芝居」を打つとしても、観客にはなるべく早い時点で「お芝居」であることをわからせる必要がある。わからせた上で「お芝居」の意味を考えさせるのが、ドラマの作法というものだろう。しかし現行のテクストのままではイオカステが同じ神託に二度も言及する意味、その内容の相違に、上演の場で鋭敏に感知する能力を持つ観客はごく僅かしかいなかったろうと思われる。川島説が興味深いものであることは認めるが、それにしてもギリシア悲劇の作家が、ここまで二重性を持つ陰影に富んだ人物を造型した例は、寡分にして知らない。これはやはり書斎で何度もテクストを読み返したあげくに辿り着いた机上の試論なのではあるまいか。

第九章　てんでんばらばら

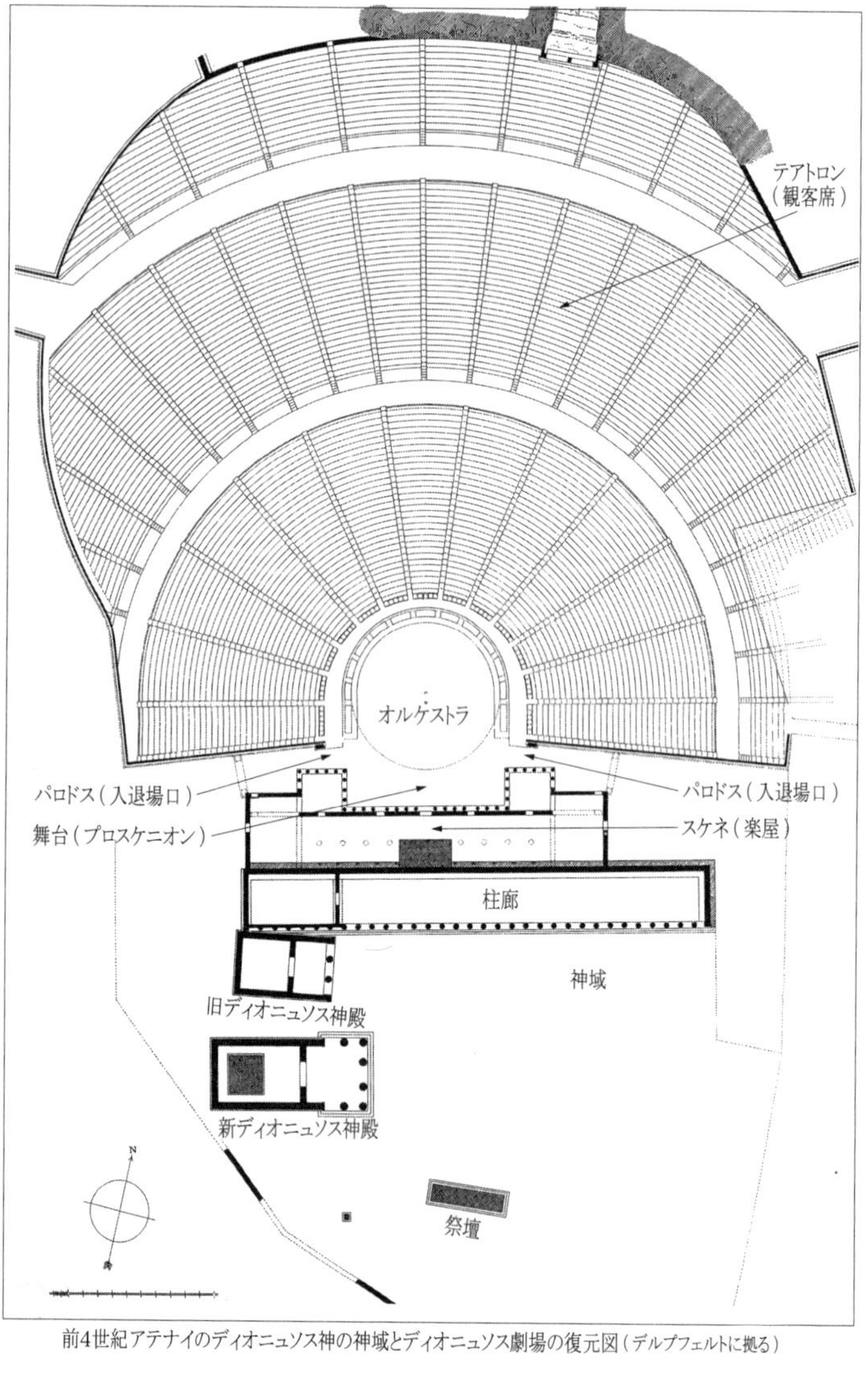

前4世紀アテナイのディオニュソス神の神域とディオニュソス劇場の復元図（デルプフェルトに拠る）

一・漱石のギリシア

こんな文章を見つけた。

先生はそれから希臘《ギリシヤ》の劇場の構造を委《〔くわ〕》しく話して呉れた。三四郎は此時先生から、Theatron《テアトロン》、**Orchestra**《オルケストラ》、**Skene**《スケーネ》、**Proskenion**《プロスケニオン》など、云ふ字の講釈を聞いた。何とか云ふ独乙人の説によると亜典《〔アテン〕》の劇場は一万七千人を容れる席があったと云ふ事も聞いた。それは小《ち》さい方である。尤も大きいのは、五万人を容れたと云ふ事も聞いた。入場券は象牙と鉛《なまり》と二通りあつて、何《いづ》れも賞牌《メダル》見たやうな恰好で、表に模様が打《う》ち出《だ》してあつたり、彫刻が施《ほど》こしてあると云ふ事も聞いた。先生は其入場券の価《あたひ》迄知つてゐた。一日丈の小芝居は十二銭で、三日続《つゞき》の大芝居は三十五銭だと云《い》つた。三四郎がへえ、へえと感心してゐるうちに、演芸会場の前へ出《で》た。

（夏目漱石『三四郎』十二の一）

「偉大なる暗闇」先生はなかなかの物識りである。古代ギリシアの劇場（アテナイのディオニュソス劇場）に関するものとしてはおおむね的確な知識と申してよい。ちなみにテアトロンとは観客席、オルケストラは舞台と観客席との間の一段低い平土間、スケーネは舞台奥の楽屋の建物、そしてプロスケニオンは舞台を指す。「何とか云ふ独乙人」はヴィルヘルム・デルプフェルト（Wilhelm Dörpfeld

1853-1940）ではあるまいか。この人はアテネにあるドイツ国立考古学研究所を拠点にして活躍した古典考古学者である。シュリーマンに協力して行なった第二次トロイア遺跡の発掘、またティリュンス、オルコメノスの発掘のほか、ペルガモンの発掘も手がけた。そしてこの彼がエミール・ライシュとの共著『ギリシアの劇場――アテネのデュオニュソス劇場及びその他のギリシア劇場の歴史について』（Wilhelm Dörpfeld & Emil Reisch, *Das Griechische Theater, Beiträge zur Geschichte des Dionysos-Theaters in Athen und anderer griechischer Theater*, Athens, 1896）を出している。右に掲げたディオニュソス劇場の復元図はこのデルプフェルトの手になるものである。引用にある一万七千人収容の劇場とはこれのことだろう。観客席もオルケストラも舞台も、そしてスケネもすべて完備している。すべて石造りだった。ギリシア悲劇の全盛期、前五世紀半ばから世紀末にかけて、作品はすべてこのディオニュソス劇場で上演されたが、しかし当時の劇場はこんな立派なものではなかった。所々石造化されていたが、大部分は木造だった。先にも触れたが（第七章）、スケネはけっこう堅牢な造りになっていて、屋上も人間が乗ってもその重量に耐えるだけの強さを保っていたが、舞台はまだオルケストラとの段差がほとんどなく、奥行きも浅かったとされる。

前四世紀に入り、それも後半から末の頃にかけて劇場の大改造が行われる。イソクラテス門下の弁論家にして政治家であったリュクルゴスが、財務長官（前三三八―三二六年）として財政再建に腕を振るったのち、ディオニュソス劇場の改造を手がけたのである。デルプフェルトの復元図はこの改造されたディオニュソス劇場のそれである。リュクルゴスはまた、ギリシア悲劇のシナリオの国定版編纂の仕事も行なった。前四世紀に入り、過去の大作家の作品の再演が許されるようになると、原著者がいないのをよいことに俳優たちがシナリオに勝手に手を加えるようになった。それがあまりにひどくなったというので、原作を忠実に保持する意図で国定版のテクストが制定されたのである。この国定版の編纂といい、先の劇場の整備といい、ギリシア悲劇の上演、保存におけるリュクルゴスの貢献の度合いは甚だ大なるものがある。

コイン型の入場券（？）

『三四郎』の引用文に戻る。入場券に触れてある。わかる範囲でちょっと訂正を施しておこう。象牙製と鉛製とあるが、象牙製はずっと新しいローマ時代のもので、前五世紀は鉛製と青銅製のものだった。上掲の図のようにアルファベットの文字を浮き上がらせたものが出土している。アルファベットは座席の位置を示すと考えられている。ただし、この出土品がほんとうに入場券だったのかどうか、確定はされないようである。一説には青銅製のもの（片面にアテナ女神の頭部あるいはライオンの頭部その他の印、片面にアルファベット。また両面ともにアルファベットのものもある）は入場券ではなく、鉛製のもの（片面にのみ図案）がそうだろうという。入場券は融かして再製造しやすい鉛製が最適だったというのである。ただ鉛製のものは、最も古いものでも前四世紀前半のもので、おおむね時代は新しい。

さてその値段だが、現行の貨幣価値に換算することは困難である。ただそれほど高価ではなかっただろう。一説には無料だったとも言う。観劇は市民総参加の国家的行事として奨励されたのである。貧窮者には、観劇に駆り出されて仕事を休まざるを得ないからという理由で、国庫から休業補償金まで出た。プルタルコスはこれを時の政治家ペリクレスが大衆の人気を獲得するための政治的行為であると非難しているが(『対比列伝』の「ペリクレス伝」九)、それも皆無ではないとはいえ、悲劇の上演に参加させることをもってアテナイ市民としての精神的統合を図るという意図も、そこにはあったと思われる。

ところで漱石はこのような情報をどこから仕入れたのだろうか。引用文にある「何とか云ふ独乙人」がデルプフェルトだとすると、その著書は一八九六年(明治二九年)に公刊されたものだから、英国留学時(一九〇〇―一九〇三年)にロンドンで見た可能性はある。いやそれよりも情報元はケーベル博士であったかもしれない。博士の来日は一八九三年(明治二六年)で、その最初の美学の講義を当時大学院生だった漱石は聴講している(夏目漱石『ケーベル先生』参照)。以来博士の死(一九二三年、大正十二年)まで漱石は博士に親炙しているから、その種の情報を受けた可能性は充分にある。ケーベル博士は古代ギリシア・ローマに関する学識にかけては、当時の日本で唯一無二の人だった。くだんのデルプフェルト(とライシュ)の著書は、ひょっとすると博士の蔵書の中に含まれていたのではあるまいか。

二、合唱隊の特異な登場

デルプフェルトによるディオニュソス劇場の復元図（二〇四頁）を、もう一度見ていただきたい。スケネ（楽屋の建物）と観客席の最前列との間にパロドスがある。パロドスとは入退場口のことで、上手下手両方あるが、上手（観客席から見て右手）のパロドスが合唱隊の入退場に使用される。劇が始まりプロロゴス（前口上）が済むと、次はパロドスとなる。この場合のパロドスとは劇の構成部分の名称で、右の入退場通路パロドスを通って合唱隊が朗唱しつつ入場して来るその入場歌の部分を言う。

このとき一五人の合唱隊は合唱隊の長を先頭に縦に並んで入場し、オルケストラに達するとそこで旋回しつつ舞い歌い、最期に五人ずつ三列に整列して舞い収めた、と考えられる。このあと舞台上に俳優が登場して第一エペイソディオン（第一場）が始まるが、合唱隊は劇がすべて終わり、入場して来たときと同じように上手のパロドスを通って退場するまでの間、ずっとオルケストラに居続け、各エペイソディオンの間に短い歌舞を提供した（これをスタシモンと呼ぶ。近代劇の幕間に相当する）。

ことほどさように、パロドスでは、合唱隊が上手の入退場通路を通って整然と隊列を組んで入場して来るのが通例であるが、例外がある。アイスキュロスの『慈しみの女神たち』の合唱隊である。これは第一章で取りあげた『オレステイア』三部作の最終作であるが、そのパロドスでは合唱隊（復讐の女神エリニュスたちから成る）は通常のように舞台上手の入退場通路を使わず、舞台奥のスケネ（今それはデルポイのアポロン神殿に擬されている）の戸口から出て来るのである。

復習しておこう。『オレステイア』三部作は、第一作『アガメムノン』では妻クリュタイメストラによる夫アガメムノンの暗殺を描き、第二作『供養する女たち』では息子オレステスによる父アガメムノンの復讐のための母クリュタイメストラ殺害を描き、そして第三部『慈しみの女神たち』はオレステスの母親殺しの罪を裁く裁判劇となっていた。そしてこの第三作『慈しみの女神たち』は、復讐の女神エリニュスたちに取り憑かれたオレステスが救済を求めてデルポイのアポロン神殿に駆け込んだところから始まっている。

プロロゴスを述べるアポロン神殿の巫女が退場したあと、神殿に擬せられた舞台奥の正面の扉が開かれる。内部にはアポロン、オレステス、エリニュスたちの姿が見える。オレステスはオンパロス（臍《へそ》石。世界の中心を表すものとされている）のもとに跪き、その周囲にエリニュスたちが眠りこけている。この状況は巫女の以下の言葉から推量される。

オンパロスの傍らには神威を穢《けが》した男が、
その穢れを祓《はら》ってもらおうと坐り込んでいるのが見えます。
両手からは血が滴り落ち、そこに抜き身の剣と、
オリーブの小枝の先に作法通り
大きな羊毛を巻きつけたのを手にしています。
真白い羊毛の房――こう申せばはっきりしましょう。

そして男の前方には奇怪な女たちの一団が
椅子に坐ったまま眠りこけています。
（四〇—四七行）

「奇怪な女たちの一団」とは復讐女神エリュニスたちのことで、本篇の合唱隊を構成する者たちである。その合唱隊がスケネの中にいる。プロロゴスのあとパロドス（合唱隊入場）の場面で、彼女らはどうやってオルケストラへ入場して来るのだろうか。

彼女らが眠り呆けている間に、オレステスはアポロン神の計らいでヘルメス神に案内されてアテナイ目指して出立する。そこで母親殺しの裁判を受けるためである。クリュタイメストラの亡霊に叱られてエリニュスたちは次々に目を覚まし、オレステス追跡にかかる。実際にはスケネから出て舞台を越え、オルケストラに降りて来る。その様子は通常の合唱隊入場のように整然と隊伍を組んでのものだったとは思われない。寝過ごして後れを取ったことで焦慮に駆られ、慌てふためいて各自がてんでんばらばらに跳び出してきたと思われる。そのように演出されたろう。じっさいにそれがそうだったらしいことを示す証言がある。

無名氏の手になる『アイスキュロス伝』という文書の中に、次のような一節がある。

『慈しみの女神たち』の上演で、合唱隊がてんでんばらばら《スポラデーン》に出て来るという登場の仕方をして観客をひどく驚かせた、そのため幼児は気絶するわ、妊婦は流産するわといった騒ぎになったという話がある。

十二人の合唱隊（『オレステイア』三部作を通して合唱隊は十二人であった。第一作『アガメムノン』一三四八行以下に合唱隊の構成員が一人ずつ順にせりふを言う場があり、合唱隊の長を含めて総数が十二になる。『慈しみの女神』でもこの数は踏襲されたはずである）が、舞台奥のスケネの正面戸口からてんでんばらばらに（スポラデーン）、しかも激しい勢いで跳び出して来て、舞台を通過してオルケストラに降り立ったのである。従来の整然とした合唱隊の入場に慣れていた観客は、度胆を抜かれる思いがしたことだろう。ただ幼児の失神と妊婦の流産は少々大袈裟すぎる感無きにしも非ずだが、エリニュスたちの仮面には恐ろしげな隈取りが施されてあったはずだから、文字通り鬼面人を威《おど》す効果があってのことかもしれない。

先述のようにこの『アイスキュロス伝』の執筆者名はわかっていない。同時にその執筆の時期も不明である（おそらくヘレニズム時代以降だろう）。それゆえ『慈しみの女神たち』初演時の実態を忠実に伝えているかどうか、不確かなところがある。さらに『伝』の中のちょうど引用した部分だけに［ ］が付されている。これは信憑性に疑義ありとの印である。

しかしこの文章が劇の初演時から遠く隔たった時期に書かれ、さらにそれに疑問符がつくような不確実性を有しているとしても、合唱隊がスケネから出て来たこと、それが整然としたものではなくて慌ただしいものだったらしいことは、アイスキュロスが書いたシナリオそのものから確認が可能であり、かつ推量できるところでもある（四〇行以下を参照）。合唱隊であるエリニュスたちをオレステスに密着させた状態で劇を始めたからには、合唱隊の入場すなわちパロドスは、通常のものとは違うものとならざるを得なかったのである。

三．幻影から実像へ

さて、『慈しみの女神たち』において、合唱隊がスケネからてんでんばらばらに跳び出して来る原因とその結果について少し考えてみたい。

いま、すぐ前のところで、アイスキュロスは合唱隊であるエリニュスたちをオレステスに密着させた状態で劇を始めた、と書いた。なぜエリニュスたちはオレステスに密着するのか。エリニュスというのは復讐の女神であるが、わけても肉親間の殺人の罪を追求するのをその特色とする。オレステスは母クリュタイメストラを殺した。殺された母の恨みが復讐の女神を呼び出す。呼び出された復讐の女神はオレステスに取り憑く。オレステスのほうは母殺しの罪の意識と良心の呵責に苛まれている。そしてその苦しみから逃れようとあがく。これをエリニュスたちは逃さじと追跡する。母親殺害後の罪におののくオレステスの心中の状態が、かくしてエリニュスたちの登場と追跡というふうに具現化され、舞台化される。救済を求めてアポロンの神殿に駆け込んだオレステスがその身をエリニュスたちにぴったりと囲まれているのは、まさに母親殺害後の彼の心象風景を表徴するものに他ならないのである。

オレステスを荒々しく追尾するエリニュスたちが、オレステスはスケネ（アポロン神殿に擬せられている）内にいるのに、通常通りパロドスを通って整然と入場して来るのはおかしい。それはあまりにも緊迫感に欠ける演出と言えるだろう。この場合、合唱隊は最初からオレステスに密着したかたちで登場するのが自然である。そしてそのあと眠りこけて後れを取ったエリニュスたちが怒りと焦りの表情ものすごくスケネの戸口からばらばらばらと跳び出して来るのは、作者であり演出家でもあったアイスキュロスの意図的な措置だったのである。

そもそも『慈しみの女神』という劇は、いや『オレステイア』三部作全体が、すでに第一章で述べたように殺人の罪とその裁きをテーマとしている。さらに言えば、それは古い氏族社会の規範であった力の正義が新しい市民社会を律する法の正義へと移行する段階を描いたものと言うことができる。

まずクリュタイメストラが夫アガメムノンを殺す。娘イピゲネイアをトロイア戦争遂行の犠牲にされたことへの怒りと恨みが主因であったが、殺害に協力した愛人アイギストスにとっては一族の血で血を洗う覇権争いの一方の側にいる者として、父テュエステスの恨みを晴らすという一面も持っていた。殺されたアガメムノンはミュケナイの王である。その王権を奪還し維持するために、嫡子オレステスは父親の敵討ちをする必要がある。その相手がアイギストスだけであれば、オレステスは力の正義の遂行者として、己の行為に何らの疑心も抱くことはなかったろう。しかしアガメムノン殺害の主導者はクリュタイメストラである。オレステスは父親の復讐に母親を殺すことになる。母殺しは単なる敵討ちではない。事は家系存続のための力の正義行使というだけの問題に終わらない。母親という最も近い肉親殺害は、殺害者オレステスに改めて罪の意識を喚起したことだろう。家系存続のための力の正義の遂行による殺人に、罪の意識が皆無であったとは言わない。しかし罪の意識よりも強い理《ことわり》が、そこにはあった。それが氏族社会を律する論理であった。力の正義の行使は報復の連鎖を結果する。その連鎖の環の一つに、いま「母親殺し」が挿入される。オレステスは力の正義の理よりも母親殺しの罪の意識のほうを強く感じ取り、心を悩ますことになる。それを象徴するのが復讐女神エリニュスたちの出現である。肉親間の殺人の罪を追求する役割を担うこの神は、いま息子に殺された母親の恨みを含んで登場するのである。このエリニュスに責め苛まれるオレステスの姿は、その罪におののく良心の呵責を象徴する。その具体的な姿は次のように描かれている。『オレステイア』三部作の第二作目『供養する女たち（コエポロイ）』の末尾である。

① ああ、ゴルゴンみたいな醜悪な女どもがいる、黒衣をまとい、蛇の群にその身をびっしりと包まれている。とてもこうしてはおれん。

（一〇四八―一〇五〇行）

② いや、これは苦しみゆえの幻を見ているのではない。母の恨みを含んだ犬どもがはっきりと見えるのだ。

（一〇五三―一〇五四行）

③ 主アポロンよ、奴らは群をなしています。

そしてその目からは憎しみの血を滴らせています。

④（合唱隊の女らよ）おまえたちには奴らの姿が見えないが、わたしには見える。
わたしは追跡を受ける身だ。ぐずぐずはしておれん。

（一〇五七―一〇五八行）

（一〇六一―一〇六二行）

①の冒頭一〇四八行の「醜悪な女ども（ドゥモイアイ・ギュナイケス dmoiai gynaikes）」は、写本では「召使の女たちよ（ドゥモーアイ・ギュナイケス dmōai gynaikes）」となっていたところを、E・ローベルが読み直したものである。すなわちこの章句は合唱隊の女たちへの呼びかけではなく、オレステスの幻覚に現れる復讐の女神たちを指すとしたのである。久保正彰氏はこの読み方を採り、これは『供養する女たち（コエポロイ）』の合唱隊の位置づけに重大な示唆を与えるものであるとして、次のように言う。「すなわち、オレステースの言葉は、コロスの女たちという一つの集団と、復讐の女神たちという別のもう一つの集団とを分けたり、また一方を他方に指し示そうとしているのではない。かれの眼に映っているのは、一つの実像とかれの眼だけに見えているもう一つの幻という、二つのものではなく、一つのゴルゴーンのような醜い嘆きの黒衣を装った女の群れであり、それは、観客の眼にもそれとよくわかる、コロスの女たちの群れにほかならない。つまり狂気のオレステースの眼には、コロスの女たちが、復讐の女神らの群れに映りはじめた、ということになる」（『コエーポロイ』解説。『ギリシア悲劇全集』第一巻、岩波書店、三一四頁）と。そして「コロスが近づいてかれ

をなだめようとすれば、逆にオレステースはそれを怨霊の化身と思いこみ、いたたまれずに退き、逃げ、ついに退場する」(同上)と。

一〇四八行の冒頭のドゥモーアイをドゥモイアイと読み替えるローベルの読みを採用するところから始めて、合唱隊の女たちと幻想のエリニュスたちを別々の二つの集団とせず、いまオルケストラにいる合唱隊がオレステスにはエリニュスたちに見え始めたのだとする解釈は興味深い。そして狂乱のオレステスを慰めようと寄って来る合唱隊を、エリニュスの群れと見誤ってこれを避けて逃げて行くというのは、上演の場の演出者の視点から見ても、一考の価値ありと言えるかもしれない。

しかし、ローベルの読みを採用することによって、合唱隊への呼びかけが失われても、オレステスの意識から二つの集団が消え去ったわけではない。④の一〇六一行で彼は改めて合唱隊に呼びかけて、「おまえたちには奴らの姿が見えないが……」と言っているからである。オルケストラにいる合唱隊とは別の一団が、やはりオレステスの目には見えているということだろう。

久保氏は、先の文章に続けて次のように言う。「しかしこの劇のコロスの女たちが、最初から一貫して「復讐者」の役を演じ続けていることが、仮面、衣装、歌詞、アクションを通じて、逐次的に観客の理解に達していたならば、オレステスの幻覚を通じて現れ始めたかの女らの実態は、戦慄の底からわきいでる真実の旋律を奏でたのではないかと思う。カッサンドラーの幻覚と同じく、オレステースの幻覚が虚ろな幻でなかったことは、たちまち証明される。『エウメニデス』が始まるとき、オレステースは、復讐の女神らのコロスに、取りまかれているからである」(同書、三一四—三一五頁)。

これを読むと、『供養する女たち（コエポロイ）』で一貫して「復讐者」の役を演じ続けてきた合唱隊の女たちが、劇の最後に至ってオレステスにもその復讐者の姿を見せたというふうに読める。本篇の合唱隊は、たしかにエレクトラ（そしてオレステス）の与党的存在としてクリュタイメストラへの復讐を奨励する存在として描かれている。合唱隊の長は母への復讐は神の咎めを受けるのではないかというエレクトラを励まして、「敵に仇を返すことがどうして不敬なことでしょうか」（一二三行）と言っているのである。しかしその合唱隊が、いまオレステスに対して「復讐者」になることはあり得ない。エレクトラと協力して母を殺して父の復讐を果たしたオレステスにとっても、彼女らは与党的存在であるはずである。オレステスの復讐者となるのは、新たに現れた別の一団でなければなるまい。それは合唱隊には見えない、また観客の目にも見えない、オレステスだけに見える幻の一団である。

幻影はこのあと徐々に具体化してゆく。母親を殺害した直後のいまは、その姿はオレステスだけにしか見えない幻影にすぎなかったものが、このあとの第三作『慈しみの女神たち』の冒頭では、先に見たように、オレステスはデルポイのアポロン神殿の中でエリニュスたちに取り囲まれている。幻影の中の醜悪な女どもは、自立的な肉体を備えた復讐女神エリニュスたちとなって舞台上に姿を見せる。もはやそれはオレステスにだけではなく、誰の目にも、観客の目にもはっきりと見える存在と化したのである。そしてこの段階ではまだエリニュスは、オレステスの罪の意識がないまぜにされた存在、いわばオレステスの心中の苦悩、その狂気の、いわばオレステスの内面が擬人化された存在であったのが、次のアテナイのアレオパゴスの丘での裁判の場では、それはもうオレステスの内面を離れ、オレステスの罪を具体的に追求する訴追人、いわば検事の姿となって存在することになる。
幻影が擬人化され具体化されて舞台上に形をとって登場するその最初のときに、作者は彼女らをスケネの戸口から舞台を通り越してオルケストラまで、てんでんばらばら《スポラデーン》に跳び出させるという演出を施すことによって、オレステスがいま置かれている内面的状況とまた外面的環境とをヴィヴィッドに表示したのである。

四．婦女子も劇を見たか

この、合唱隊がてんでんばらばらに跳び出したことの意味は別として、その結果、幼児は失神し妊婦は流産したと『アイスキュロス伝』は告げている。これについても少し見ておきたい。観劇は婦女子にも許されていたかどうか、という問題である。

前五世紀のアテナイは徹頭徹尾男性中心社会だった。民主主義（デーモクラティアー）という政治・社会制度をとっていたが、それは奴隷階級はもちろん、一般女性市民も排除した成人男性市民だけの民主主義体制だった。そこはメンズクラブだったのである。女性たちは市民階級に属する者でも、選挙権など社会的諸権利は一切与えられていなかった。こうしたところから、女性が大ディオニュシア祭での劇の上演会にも参加することが許されていたかどうか、製作する側への参加は言わずもがな、観客として劇場に坐ることすらも許されていたかどうか、疑問視されているのである。

一方、婦女子も、いや奴隷身分の者までも観劇は許されていたのだと、先の『アイスキュロス伝』

の記述を支持補強する証言も、いくつかある。

（アルキビアデスが）合唱隊長として劇場にのぞむときは、紫染めの服を着用し、行列を組んで入場し、男からも女からも讃嘆された。

（アテナイオス『食卓の賢人たち』一二、五三四C、柳沼重剛訳、京都大学学術出版会）

アルキビアデス（前四五〇―四〇四年）はアテナイの名門出身で、若くして国家の要職に就いた政治家。才気煥発でソクラテスやエウリピデスら第一級の知識人の寵を受け、オリュンピアの競技会で馬車競技に優勝したときは、エウリピデスが頌詩を贈ったという（プルタルコス『対比列伝』の「アルキビアデス伝」一一）。前四一三年のシチリア島遠征を企画主導しながら、途中で敵のスパルタ側に寝返ったりして、その政治行動は変転を極めた。この一世の風雲児、また時代の寵児が劇の合唱隊長（この場合は劇上演の総合プロデューサー的役割を指す）になって劇場に派手な紫色の着物を着て乗り込んだところ、女性陣からも歓声が上がったというのである。前五世紀末頃のディオニュソス劇場での一齣を髣髴《ほうふつ》とさせるが、これを書いたアテナイオスは後二〇〇年頃に活躍した人である。書いた時点と書かれた対象との時間差（六〇〇年）が少しありすぎる。だがこれはこれで、劇場には女性もいたとする一つの証言である。

少し時代を詰めて前四世紀の証言を取り上げよう。

ソクラテス　しかもそれは、弁論術の技巧をこらした大衆演説だということになるだろう。それとも君には、詩人たちは劇場において、弁論術の技巧を使って話しているように思われないかね。

カリクレス　それは、そう思われる。

ソクラテス　そうすると、ぼくたちは今や、ある種の弁論術を発見したわけだ。それは、子供も、女も、男も、また奴隷も自由市民もいっしょに入りまじっているような、そういう民衆に対してなされる弁論術であって、ぼくたちのあまり感心しないものではあるけれども。なぜなら、それは迎合の術であると、ぼくたちは主張しているのだから。

（プラトン『ゴルギアス』五〇二D、加来彰俊訳、『プラトン全集9』、岩波書店）

『ゴルギアス』はプラトンの初期の作品群に入る。凡そ前三八〇年代前半の頃と推定される。つまり前四世紀初頭の頃のアテナイの劇場の様子が、こう語られているわけである。劇場には市民も奴隷も、男も女も、子供までも坐っていたことになる。プラトンはこのほかにも『法律』二、六五八A―D、同じく七、八一七B―Dででも劇場内に女性や子供がいたことを証言している。

もう少し時代を遡らせて、前五世紀ではどうだろうか。悲劇、喜劇を含む演劇上演の最盛期である。その同時代の証言が一つある。アリストパネスの喜劇『平和』（前四二一年上演）の以下の条りである。

トリュガイオス　［……］

召使B　それから見物衆に大麦を投げてやれ。

トリュガイオス　ほうら。

召使B　配り終えたか。

トリュガイオス　はい、もう、きっちり。

召使B　ですから、見物衆のうちのどなたも

大麦（男根を意味する）を持たぬ御仁はおられません。

トリュガイオス　だが御婦人方はまだのようだぞ。

召使B　夜になれば

旦那方が御用立ていたしましょう。

また、同じくアリストパネスの『リュシストラテ』にはこうある。

（九六二—九六七行）

合唱隊（観客に向かって）

［……］
さあみんな、男の衆も女の衆も言ってくれたらよい、
もし金が入用だと言うなら、
二ムナでも三ムナでも
わが家にあるから。

（一〇五〇—一〇五三／四行）

これを見ると明らかに観客席には女性がいたことがわかる。これは喜劇上演の場であるが、悲劇上演の場でも同様だったろう。喜劇は悲劇よりもずっと遅れて（約一〇〇年）、前四四〇年頃から競演会が始まった。その競演会は、通常二月上旬のレナイア祭で行われたが、『平和』は大ディオニュシア祭で、『リュシストラテ』はレナイア祭で上演された。レナイア祭でも大ディオニュシア祭でも、上演の場所は悲劇と同じ市内のディオニュソス劇場だった。だからディオニュソス劇場には女性もその席を持っていたことになる。その女性客の一人がアイスキュロスの『慈しみの女神たち』を見てい

て、合唱隊のエリニュスたちの姿と行動に驚き流産するに至った。そしてやはり劇場内にいた幼児は失神した。『慈しみの女神たち』を含む『オレステイア』三部作の初演は前四五八年春である。『アイスキュロス伝』が伝えるのはこの時のことだろうか。それとも過去の名作の再上演が許されるようになった前四世紀初頭以降のある年のことでもあったろうか。

話を小論の初めに戻したい。『三四郎』の話である。三四郎と先生は演芸会場の前まで来た。この演芸会場は当時の本郷座であるとされる（その日、本郷座では杉谷代水作『大極殿』と坪内逍遥訳のシェークスピア『ハムレット』が上演されていた。『ハムレット』は本邦初演だった）。入口の前で三四郎は先生と別れた。先生は初めから見物する気はなかったのである。三四郎が中へ入ると、すでに第一作目の『大極殿』は始まっていた。しばらくして幕が降りた。その幕間に場内の居並ぶ客たちをしばし眺めていると、その中に美禰子さんの顔があるのを発見する。そしてよくよく見るとその傍らには野々宮さんの姿もあった……。

余談ながら、往年のギリシアの石造りの劇場に美禰子さんを坐らせてみたい。きっと違和感なしに収まるだろうと思うのである。美禰子さんなら『慈しみの女神たち』の冒頭のエリニュスたちの「てんでんばらばら」に、いやギリシア悲劇全体にどういう反応を見せるだろうか。

第十章　「女嫌い」エウリピデス

エウリピデス像

一・作品の中で

エウリピデスの『ヒッポリュトス』(前四二八年上演)に、主人公ヒッポリュトスが女性を非難罵倒して長広舌をふるう条りがある。少し長いが引用する。

ヒッポリュトス

ああ、ゼウスさま、なぜまたあなたは人間にとって女という賤しむべき禍を
この陽光《ひ》のもとに住まわせることになさったのです。
人間の種族を生み出そうと思われてのことでしたら、
それは女の手を借りずになされるべきでした。
いいえ、人間はあなたのお社に
青銅なり鉄なり重い黄金なりを奉納して、
代わりに子種を買い取るべきでした。
おのおの世間の評価に応じた額を支払って。
そして女性抜きの何の気兼ねもいらない家に住むようにすべきだったのです。
[ところが、いまわたしたちが家の中にこの禍を取り入れようとすれば、
たちまち家内の福を家の外へ売り払うことになるのです。]

女がどれほど大きな災悪であるかは、次のことからも明らかです。
世の父親は自ら種を蒔いて生み育てた娘を、持参金までつけて
嫁にやってしまいます。禍から逃れるために。
一方、この禍に満ちた生きものを家の中に
迎える男は、この上なく邪悪な人形を
美しく飾りつけて喜び、哀れにも家の財産を
すっかりはたいてまで着物を羽織らせてやる始末です。
[よい家柄と結ばれ立派な舅小舅に恵まれて、
その代わり悪妻を我慢するか、
良妻に恵まれても性悪な舅小舅を背負い込んで
一方の不幸を他方の幸運で抑えるか、途は二つに一つ。」
いっそ頭の空っぽの女がこちらも気楽でよい。家内《いえうち》に
馬鹿面下げてのさばれるのも厄介ではあるが。
わたしは賢い女は嫌いだ。わが家には
女の分を越えてものを考えるような女は、ご免こうむる。
というのは、キュプリスの神は賢い女にほどふしだらな真似を
させるものだからだ。馬鹿な女は
思慮が足らぬゆえに、そんな真似はしないで済む。

召使であろうと、女の部屋には入るべきではない。
女と一緒に住むのは口を利かぬ野獣くらいにしておけばよい。
こちらから話しかけることもなく、
また向こうから話しかけられることもないように。
［……］
ええい、くたばるがいい、女という徒輩《やから》はいくら憎んでも憎みきれるものではない。
いつも同じことばかりと言われるかもしれないが、言い続けてやる。
じっさい奴らが悪いのだから仕方あるまい。
誰か奴らにおとなしくするように教えてやるならよし、
さもなくばわたしが絶えず足蹴にして痛めつけるのも仕方あるまい。

（六一六―六六八行）

ヒッポリュトスは二十歳前後、まだ色恋の経験もなく、またそういう欲望も一切持たぬ純情な青年である。その彼を父テセウスの後添い、ヒッポリュトスには継母に当たるパイドラが見染め、恋に陥る。パイドラは知性も教養もある令夫人であるから、自らの身の内の恋情をはしたないとして、死をも覚悟してまでこれを抑えようとするが、抑えきれず、乳母に見抜かれてしまう。乳母は、死よりもいっそこの不倫の恋を成就するようにとパイドラを煽り立て、恋の仲介役を買って出る。引用部分はその乳母からパイドラの心のうちを聞かされたヒッポリュトスが、強い驚きと激しい怒りに駆られて思わず吐露した心中の思いである。劇はこのあと、このヒッポリュトスの怒りの拒絶を知ったパイドラが意趣返しに、逆にヒッポリュトスを誹謗する遺書を残して自殺し、その遺書のために父テセウスから誤解を受け恨みを買うことになったヒッポリュトスも身を滅ぼす、というふうに進捗していく。

不倫の恋の申し入れとその拒絶という、ちょうど劇の中途にさしかかるこのあたりは劇の転換点をなすものとして重要なのであるが、拒絶それ自体は二人の会話を立ち聞きしていたパイドラにはすでに知られているから（「ええ、はっきりと（ヒッポリュトスは乳母に向かって）禍事《まがごと》を取り持つ女、／主人の床を裏切る女、と言っています」（五八九―五九〇行）とパイドラは言っている）、このヒッポリュトスの長ぜりふはその補足説明のようなものである。もちろん補足説明は無いよりもあったほうがよい。ヒッポリュトスの驚きと怒りが明確に観客に伝わるし、その人間像もよく理解してもらえるからである。しかし引用部分をいま一度読み返してみると、そこにあるのは劇のこの場に相応する場面描写というよりは、むしろもっと一般論化した、作者が日頃から胸に秘めていた女性論の開陳といった趣である。劇中のヒッポリュトスの声ではなく、そのヒッポリュトスの口を借りた作者エウリピデスの声――かなりヒステリックな女性非難――といった趣があるのである。

いま一つ、例を挙げる。同じエウリピデスの悲劇『メデイア』の中の一節である。イアソンとメデイア夫妻は苦労して一緒になった仲であるが、その結婚生活はいまや破綻を来し、イアソンはコリントス王女クレウサを新しい伴侶とし、捨てられたメデイアはコリントスから追放処分に遭う。恨み辛みを込めてイアソンを攻め立てるメデイアに対し、苦しい自己弁明に終始したイアソンが最後にこう述べる。

いや、まったく、この世に女などいなくて
子宝はどこか他から得るべきなのだ。
そうすれば男は何の禍にも遭わずに済むのだが。

（五七三―五七五行）

イアソンは故郷イオルコスの王位獲得のために、はるばるコルキスまで金羊皮奪取行を敢行したのに帰国後の処世はうまくゆかず、いまでは浪々の身をコリントスに養っている。そのコリントスで土地の王女クレウサを娶る機会を得た。生きるために彼は糟糠の妻メデイアを捨て、クレウサと新家庭を営むことを決める。この「男の身勝手」が自分にも意識されているがために、メデイアの口を突いて出る正論には歯が立たず、再婚は子供のためで女がらみではないという陳腐な弁解に続けて、ここはつい暴走して言わずもがなのことを口走ってしまったというところだろう。しかしこのせりふも劇中のイアソンの声に加えて、作者エウリピデスの本音がかなりの程度含まれているように聞こえはしまいか。

また『メデイア』にはメデイア自身にこう言わせている箇所もある。

心得は充分、おまけに女と生まれついた身だ。
善いことにはからきし力がないが、

悪いことは何事であれ、この上なくうまくやり遂げてみせるという女に。

（四〇七―四〇九行）

これもまた作者長年の人間観察の成果と言ってよいだろう。こういうところから、エウリピデスは「女嫌い（ミソギュノス）」ではないかという噂が立つ。

二．私生活

エウリピデスが女嫌いだという噂は彼の在世時からすでにあったようである。その有力な原因の一つは、悪妻に悩まされたからだというものである。彼の実生活はどのようなものだったのか。略伝があるので覗いてみよう。まず『スーダ』（後一〇世紀の古典文学事典）が告げる彼の生涯は次のようなものである（けっこう長いものなので略記する）。

父ムネサルコス（あるいはムネサルキデス）、母クレイトの子。母は野菜売りであったという巷間の噂は嘘で、名門の出身であった。初め画家になった。ソクラテスに哲学を学び、アナクサゴラスにも師事したが、アナクサゴラスがその学説のために身に危険が及んだのを見て、悲劇作家に転向した。性格は暗く、人嫌いで、そのためにまた女嫌いとも噂された。二度結婚したが、いずれも妻が淫奔で裏切られた。マケドニア王アルケラオスに招かれてその都ペラに赴き、そこで生涯を終えた。生涯に創作した劇の数は七五もしくは九二篇。優勝回数は五回。

当面わたしたちの議論に役立ちそうなのは、彼がその性格の暗さ、また人嫌いのゆえに女嫌いでもあるとする世評があったこと、そして二度の結婚が二度とも妻の淫行のゆえに不幸に終わったことである。ただ彼が先天的に女嫌いであったのか。二度の結婚の失敗がその原因となったのかは、これだけではわからない。ただ女性とはどうも折り合いの悪い人生を送ったらしいことはわかる。

もっと古い証言、『エウリピデス伝』の言うところを見てみよう。これもかなり長いものなので略記する。

エウリピデスは商人ムネサルキデスと野菜売りの女クレイトとのあいだに前四八〇年サラミス島で生まれた。長じてパンクラティオン（ボクシングとレスリングの技を合わせた格闘技）あるいは拳闘の選手になろうとしたが、のち悲劇作家を目指す。創作する上で数々の新機軸を生み出した。プロロゴス、自然哲学的議論の開陳、修辞技巧の駆使、認知（アナグノリシス）場面の工夫などである。これはアナクサゴラスらの教説に親しみ、またソクラテスと親しく交誼したことによるものである。彼はまた画家でもあった。陰鬱な、また思慮深い顔つきをし、笑うことがなかった。二度結婚したが、二人の妻はいずれも淫乱だった。最初の妻の不貞に気づくと、その破廉恥ぶりを第一『ヒッポリュトス』に書き、離別した。二度目の妻も最初の妻に輪をかけて淫乱だったので、ますます女性を悪しざまに描くようになり、そのため怒った女たちが彼の書斎に押しかけて彼を殺そうとしたこともあった。同じく彼が作中で女性を罵倒したことに腹を立てた女たちが、テスモポリア祭の折に　彼を殺そうと計ったこともあった。マケドニアのアルケラオス王の招きを受けてマケドニアへ行き、そこで王の飼い犬に咬まれて死んだ。彼は他国人には評判がよかったが、アテナイ人には憎まれていた。作品総数は九二。そのうち残存するのは七八（あるいは六七）。優勝は五回である。

この『エウリピデス伝』は先の『スーダ』とおそらく話のソースは同一らしく、格別新しい情報は見受けられない。エウリピデスは陰気な性格で、人嫌い、女嫌いであること、二度の結婚がいずれも妻の不貞で破れたことなど、変わらない。目新しいのは、最初の結婚が妻の不貞で破れたあと第一『ヒッポリュトス』を書いたとしているところ、そして二度目の結婚も同様であったので女性罵倒の筆致がますます強くなったとしているところである。そしてそのために怒った女性たちから襲撃を喰らったとしているところである。第一『ヒッポリュトス』とは、現存の『ヒッポリュトス』以前に書かれたが悪評嘖々《さくさく》で、そのために現存の第二『ヒッポリュトス』が改めて書かれたといういわくつきのものであるが、いまは失われて無い。不評の原因は、パイドラをあまりに厚顔無恥な不倫の恋の追求者に描いたことにある、と見られている。エウリピデスは妻に不貞を働かれた我が身をパイドラの夫テセウスに擬そうとしたのだろうか。実生活の体験が作品に反映されることは、決して珍しいことではない。創作者といえども、無から有を生み出すことはそう簡単ではないからだ。エウリピデスが最初の妻に不貞を働かれたあと、第一『ヒッポリュトス』を書いたという話は、ありそうでもあり、ありそうでもない。それが不評で改作された第二『ヒッポリュトス』の上演年代は前四二八年で、前四八〇年生まれとするとエウリピデス五十二歳の時である。第一『ヒッポリュトス』の上演年代、初婚、再婚それぞれの年代は不明である。したがって初婚とその破綻、そして第一『ヒッポリュトス』の執筆上演との年次関係、因果関係は不明である。

この『エウリピデス伝』はヘレニズム時代以降のものと考えられている。先の『スーダ』はずっと新しい一〇世紀の証言である。しかしここにエウリピデスと同じ時代を生きた人の証言がある。喜劇作家のアリストパネスである。アリストパネスの喜劇の特徴は、専ら諷刺にあると言って過言ではない。そしてしばしばその対象となったのは、政界では成り上がりのデマゴーグ、クレオンであり、思想界ではソクラテスであり（ソクラテスが登場する作品『雲』は、のちにソクラテスが死刑判決を受け、毒盃を仰ぐ遠因となった）、文芸界では我らがエウリピデスだった。

まずはその出自が皮肉られる。『蛙』（前四〇五年上演）で登場人物のアイスキュロスとエウリピデスの両人がそれぞれ自作の特徴を主張し合う条りで、エウリピデスの主張にアイスキュロスが鋭い突っ込みを入れる場面である。

エウリピデス
わたしは出まかせを喋ったり、跳び込みで場を混乱させるようなことはせず、
代わりに最初に登場する人物に、とにかくまず劇の素姓を語らせるようにした。
アイスキュロス

そいつは君の氏素姓より、きっとましなものだったろうよ。

（九四五―九四七行）

「君の氏素姓」には商人の父と市場の野菜売りの母という卑賤な生まれが含意されていようが、それをはっきりと言葉にして言われたものが次の引用である。

女　甲

みなさん、わたしは二柱の神にかけて申しますが、
なにもいい格好しようとして演説に立ったわけではありません。
いいえ、長年我慢に我慢を重ねてきたこの身が情けなく思われたからでしてね。
あなた方があの野菜売り女の息子エウリピデスから
顔に泥を塗られるのを見、
またあらゆることに悪評判を立てられるのを見てますからね。

（『テスモポリア祭を営む女たち（女だけの祭）』三八三―三八八行）

さらには、こういうのもある。

老人のコロスの長

そのわしがエウリピデスにも八百万の神にも憎まれしあの女どもの
これまでの蛮行を、その現場におりながら指を咥えて見ておるとでも？
（『リュシストラテ（女の平和）』二八三―二八四行）

ここにはエウリピデスの出自への揶揄だけでなく、彼の女性批判も取り上げられている。その執拗で激しい女性批判の原因となったと見られる妻の不貞については、次のように言われている。

ディオニュソス
まったくそのとおりだ。
他人の女房たちにやらせたことを、今度は自分の身に蒙ったというわけだ。
（『蛙』一〇四七―一〇四八行）

たとえば『ヒッポリュトス』のように、劇中で扱かった妻の不倫事件が現実の我が身にも降りかかったと言っているのである。

火の無い処に煙は立たない。エウリピデスと同じ時代に活躍したアリストパネスがここまで言うからには、それぞれにそれだけの根拠があってのことだろう。野菜売りだったという母親の件も、妻に裏切られた件も、そしてそのために女性嫌いとなり、作中でその手の女性を描いたということも。

さらに付け加えれば、後二世紀のローマの文人アウルス・ゲッリウスがその著『アッティカの夜』

で、エウリピデスの生涯に触れ、その女性嫌悪ぶりをアリストパネスが言及しているとして、『テスモポリア祭を営む女たち（女だけの祭）』の四五三―四五六行（「女性に対してひどいことをしたこの男（エウリピデス）を皆で罰してほしい」）を挙げている。

三．女嫌いの系譜

女嫌いは、しかしエウリピデスだけではない。彼以前にも作品の中で女性を悪し様に書いた文人たちがいた。古代ギリシア文学の濫觴《らんしょう》ホメロスからしてその一人と見なされないこともない。『イリアス』に描かれた英雄たちの壮麗なる活躍は、じつはヘレネという一人の悪女の愚行に端を発したものだからである。「アルゴスのヘレネ、あの女のために多くのアカイアびとが／トロイアで身を滅ぼした、愛しい祖国を遠く離れた地で」（『イリアス』巻二、一六一―一六二行）と、ホメロスは歌っている。

『オデュッセイア』にも女性不信を表明する箇所がある。冥界へ降ったオデュッセウスがアガメムノンの亡霊と出会い、忠告を受ける場面である。アガメムノンの亡霊は言う、「決して妻には心を許すな。／胸の内のすべてを打ち明けてはならぬ。／話すべきことは話してもよいが、隠すべきことは隠せ」（巻一一、四四一―四四三行）と。

こうして男性たちが女性に振り廻わされるのは、女性が美しく魅惑的だからである。ヘレネは絶世の美女と謳われた。その美に迷う男たちは、しかし禍の淵に沈む。彼女はまさに美しき禍であったのだ。

女性は美しき禍であるとはっきり断言したのはヘシオドスである。『神統記』六〇〇行以下で、彼はその女性罪悪論を開陳している。女性すなわち美しき禍（カロン・カコン）を拵えたのはゼウスである。善きものに代えてこれを造りたもうた。女性は男たちと一緒に暮らすとしても、貧乏とは連れ添わず裕福と連れ添う。この、共に暮らし辛い女性を避けて結婚しない男性には悲惨な老年が待ち受けている。それが嫌で結婚しても、悪妻を持てば、毎日その身に愁いと悲しみを抱きつつ暮らすことになるというのである。

またヘシオドスは、パンドラの寓話を使って女性が禍の根源であると歌った（『仕事と日』四三行以下）。神々の専有物であった火をプロメテウスがゼウスのもとから盗み出して人間に与えたのを怒ったゼウスは、「火を盗んだ罰として人間の族に禍を与えてやろう」（五七行）と言って、土から造った美しい乙女パンドラを人間界に送る。パンドラは持参した甕の蓋を開ける。すると中にあった諸々の禍が飛び出し、慌てて閉じると「希望」だけが甕の底に残った。かくして女性パンドラは諸悪の根源となる。『仕事と日』には、「女を信用するような者は、詐欺師をも信用する」（三七五行）という一行も見える。

このヘシオドスよりもやや後の世代に属するアルキロコス（前七世紀前半、エーゲ海の南部パロス島出身の詩人）には、父親に反対されて自分との婚約を破棄した女性ネオブレを罵倒する詩がある。これは女嫌いというよりは愛情の裏返し、可愛さ余って憎さ百倍の一例だろう。とはいえ女性が非難罵倒の対象となっている点はヘシオドスなどと変わりない。

またこのアルキロコスに続く世代の詩人セモニデス（前七世紀後半、エーゲ海南部のアモルゴス島出身の詩人）にも激しく女性を非難した詩がある。その残存断片七では、女性はさまざまな動物から生まれたという設定で、辛辣で機知に富んだ女性諷刺を展開している。たとえば不潔な女性は豚から、ずる賢い女は狐から、お喋り女は犬から、無精な女はロバから生まれたと続け、馬から生まれた女は次のように描写されている。

次はたてがみなびかす優美な馬から生まれた女、
この女は他人の下働きみたいなことや、手間のかかる仕事を嫌がり、
臼に触ること、笊《ざる》を持ち上げることもない。
おまるの中味を家の外へ出すこともしない。
煤にまみれるのが嫌で竈に寄りつこうともしない。貧乏籤を引かされたのは亭主だ。
毎日二度も、いや三度も風呂に入って
お肌を磨き、香水を塗りたくる。
その豊かな髪にはいつも櫛が当てられ
花環が影を落としている。
こんな女は、余所の男には目のよい保養になろうが、
抱え主の男にはとんだ災難だ。

独裁君主か国王か、
とにかくこういったことが大歓迎という輩でないかぎり。

（断片七、五七―七〇行）

女性の好ましからざる生態が、こうして動物の特性を巧みに利用しながら活写されていく。ただ一人、蜜蜂から生まれた女性だけは罵倒を免れる。彼女は女性の最高位に位置づけられるが、それ以外の女性はすべて禍とされる。そしてこの断片は以下の四行で閉じられている。

ゼウスがこの最大の禍を造り出し、
解き難い足枷を課したからだ。
それは女のために戦いし者らが
冥府《ハデス》に収容されたあの時以来のことだ。

（同右、一一五―一一八行）

ここの女とは、言うまでもなくヘレネのことである。本節の冒頭であげた『イリアス』巻三、一六一―一六二行を参照されたい。彼女こそ女、すなわち美しき禍（カロン・カコン）の元祖的な存在ということになろう。

劇の時代の前五世紀はどうだろうか。喜劇に諷刺は付き物である。クレオン、ソクラテス、エウリピデスらを槍玉に挙げ、筆誅を加えたアリストパネスに、女性一般を批判する詩句はあるだろうか。

前節で述べたように、彼はエウリピデスの女嫌いの証言者役を買って出てはいるが、彼自身の女性に対する立場はどうだったのだろうか。喜劇作家としてポリス・アテナイの津々浦々に鋭い観察眼を光らせていた彼には、当時のアテナイ社会の女性の生態も的確に捉えられていたにちがいない。『テスモポリア祭を営む女たち（女だけの祭）』にはその一端が表示されているように思われる。劇中ムネシロコス（エウリピデスの縁戚の男）が女たちだけで祝う祭テスモポリア祭に女装して出席し、女性陣から総スカンを喰っているエウリピデスの弁護演説をする条りである。エウリピデスが女性たちを貶めていると言うが、女性たちのほうにもそうされるだけの弱味、罪咎があるとして、数々の悪徳を列挙する。

曰く、結婚後も夜寝床を抜け出して昔の恋人と情を交わす、亭主の留守中の浮気がばれないように大蒜《にんにく》を嚙んで、亭主が浮気の跡を嗅ぎつけるのを防止する、また亭主の前に大きなショールを広げて情人を隠して逃がす、近所の老婆と組み、分娩の真似を細工して他人の子供を自分たちの子供のようにして亭主を騙す等々のことを、常日頃女たちはやっているのに、それでいてエウリピデスが女性の悪口を書いたと言って非難するのはおかしいというのである。ここでアリストパネスは、エウリピデス擁護論をムネシロコスに言わせることで、女性批判者の立場に立っていると言うことができる。もちろんこれは劇の筋の展開が要求する文言とまずは捉えられるべきなのだが、それだけには終わっていない。作者アリストパネスの目に捉えられた生々しい女性の生態レポートでもあるのであり、そしてそこに肯定的ニュアンスは窺われない。

いま少しアリストパネスを続ける。『リュシストラテ（女の平和）』（前四一一年上演）である。男たちが始めた戦争に嫌気がさしたギリシアの女たちが団結してセックス・ストライキを打ち、アクロポリスを占拠して戦争を止めさせようという話である。その中で、老人男性から成る合唱隊の長がいがみ合う老人女性の合唱隊に対して、こう吐くせりふがある。

ほんとうにあの言葉、うまいこと言ったものだ、間違ってはいない、
「女子《おなご》という疫病神、いても困るし、おらぬも困る」とはな。

（一〇三八—一〇三九行）

これは先に挙げたヘシオドス『神統記』の六〇〇行以下に展開されている女性批判を要約したものと解されるが、この箇所に付けられた古注（古代の研究者がテクストの余白に書き付けた注釈）は、それに関連してアリストパネスの先輩喜劇詩人スサリオン（前五七〇年頃活躍）の次の詩句を挙げている。

女は禍だ。だがご同役、禍なくして家庭生活は
営めない。つまり結婚はするも禍しないも禍ということだ。

（断片三以下）

これも内容とするところはヘシオドスの詩句の要約である。じつはこの詩句はスサリオンのものとすることに疑問が呈せられているのだが、しかしヘシオドスからアリストパネスに至る道程の中途に位置するものであることは間違いない。いやこの淵源は夙《つと》にホメロスの手になるヘレネ描写にまで遡るだろう。

こうして見てくると古代ギリシア文学の中に女嫌いの系譜とも言うべきものが存在していることがわかる。

四．エウリピデスは女嫌いか

さてこの女嫌いの系譜の中に、エウリピデスも位置づけられるだろうか。第一節の冒頭で引用した『ヒッポリュトス』六一六行以下で展開されている女性論を、もう一度振り返って見てみよう。女性を賤しむべき禍と見る点で、この立論はホメロスやヘシオドス以下の女性嫌悪主義と同じ位相にある。いささか異なるのは、ヒッポリュトスのせりふは従来の女性論の根幹にある結婚そのものの是非の問題にはほとんど触れず、良妻か悪妻かの問題、また妻にすべき女性の知性——賢いか愚かか——の問題が中心となっている。しかし考えてみればこれはおかしなことで、このせりふを喋っているヒッポリュトスはまだ独身の青年で、色恋に染まることを好まない潔癖な性格の持ち主であるから、まず結婚の是非に言及するのが順当で、良妻悪妻の区別や妻選びの基準にまで話を運ぶのは少々行き過ぎである。妻にするのは愚かな女のほうがよい、賢い女は不貞に走りやすい、などというのは結婚生活を経験した中年以上の男性に言えることであって、ヒッポリュトスにはまったくふさわしくないせりふである。『メデイア』でイアソンがこの世に女など必要ない、子供は女以外から生まれてくるべきだ、と言うのはわかる（気がする）。彼こそ「賢い」女メデイアを妻にして、不貞こそ働かれたわけではないが、精神的にはいろいろと苦労があったろうと推測できるからである。

どうやらここには、ヒッポリュトスという役柄を越えた作者エウリピデスの生の声が籠められているように思われる。だからといって、彼のあまり幸せでなかった結婚生活がここにストレートに反映していると言うつもりはない。しかし体験させられた事件の苦い思い出が、何度フィルターを通しても澱のように残っていて、それがこういう形で表に出たということは、どうやらありそうなことと思える。引用の末尾、「女という輩はいくら憎んでも憎みきれるものではない」というせりふは、体験に裏打ちされた苦い本心の吐露だった、と言えるのではあるまいか。ただし本心の吐露であっても、それは生の感情の放恣な放出ではない。それには前五世紀という時代の時代相、およびその中に置かれた自分の姿に対する冷静な、そしてリアルな観察眼が伴っている。彼はいろいろなタイプの女性を描いた。単に嫌いなだけではメデイアも、パイドラも、ヘカベも、アンドロマケも、アルケスティスも、描き切ることはできなかったろう。女性のリアルな生態を書きわける際に苦い想い出がつい心を過《よぎ》ることもあったろう、ということである。

エウリピデスと同時代人のアリストパネスの対女性感情の一端として、先に『テスモポリア祭を営む女性たち（女だけの祭）』の一節を挙げておいた。エウリピデス縁《ゆかり》のムネシロコスの口を借りるかたちを取りながら、いかにも巷間喧伝される女性嫌悪主義者エウリピデスが言いそうなその内容は、手練の市井生活観察者にこそよく見える庶民の女性たちの放縦な姿を活写するものとなっている。これはエウリピデスの書いたもののパロディではもはやなく、アリストパネス本人の観察記録と見たほうがよい。書き忘れていたが『リュシストラテ（女の平和）』には、同じ老人の合唱隊のせりふとして次のようなものもある。

女以上に手に負えぬ生き物はおらぬ。
火も敵わぬ、豹とてもこれほどまでに恥知らずではない。
（一〇一四―一〇一五行）

よいか、わしは女どもを憎むのを決してやめはせぬぞ。
（一〇一八行）

これらはエウリピデスとは無関係な、アリストパネス独自の見解と見なされてしかるべきものだろう。どうやらアリストパネスも決して女性讃美者ではなかったらしい。市井の庶民の生活を喜劇詩人の目で見れば、男女を問わずその悪徳ぶりが顔を見せるのは当然だろう。男がそれを口に出せば女性非難となり、女がそれを口にすれば男性非難となるというだけのことである。ただ古代ギリシアで文筆をもって業とする人間は圧倒的に男性だった。その種の女性もいないことはなかったが、その数は指を折るまでもなかった。男性が同性の男を見る目と異性の女を見る目は違う。異性の生態は、ことにその悪徳や欠点は細部までよく見えるものである。アリストパネスも、そしてエウリピデスも、その鋭い観察眼に映るがままに女性の生態を描いたのである。それがあたかも作者自身の人間性までもが女性嫌いであるかのような結果を生み出したということではなかろうか。

古代ギリシアにおいて女性嫌悪主義者とはリアリストの謂である。女性の生態の赤裸々な描写はリアリズムの神に捧げる神聖な奉仕活動であって、女嫌いのゆえだけのものではない。エウリピデスの場合、その不幸な結婚生活が一つの契機にはなったかもしれないが。

さて翻って現代日本は女性作家全盛時代である。彼女らの深い知性に裏付けられた鋭い観察眼は、必ずや男性たちの日々織り成す悪徳と愚行の数々を逐一捉え、糾弾するだろう。そのうち「女エウリピデス」が出現して、「女嫌い（ミソギュノス）」ならぬ「男嫌い（ミサンドロス）」が世に喧伝されることになるのではあるまいか。

そうそう、エウブロス（前四世紀前半に活躍した中期喜劇詩人）の次の一節も付け加えておきたい――危うく忘れるところだった。つまり前四世紀に入っても女嫌いの系譜は続いていたということである。

二番目に結婚した奴はくたばっちまうがいいんだ。
最初に結婚した男のほうは悪く言えんがね。
だってそれが禍だってことを、まだ知らなかっただろうからなあ。
ところが二番目の奴は、女がどれほどの禍か知っていたはずだからさ。

恐れ畏きゼウスよ、ではというのでそれがし女の悪口を
述べたてましょうか。いえとんでもない、そんなことをすれば命が危ない。
女こそ全財産のうちの極上品。メデイアはたとえ悪女でも、
ペネロペイアは断然の優れもの。
クリュタイメストラがどれほどの悪女か、言い立てる人もおりましょう。
なら貞婦アルケスティスを対抗馬に立てます。
パイドラの悪口を言う人もおりましょう。いやいやそれにはこの名婦が……
はて、だれがいたろう、だれが？　おお情けないことになったぞ、
わが名婦たちは早々に底をついてしまった。
悪女なら枚挙に暇もないほどいるんだが。

『クリュシッラ』、断片一一五（一一六、一一七）

エピローグ

その昔、さる地方大学の教養部で近代語を教えて暮らしていたころ、山間の小さな学舎に東都の出版社から訪れ来りし人がいた。語学教科書の宣伝販売活動の一環だったのだろう。閑を持て余していたわたしはさっそくその人を研究室に招じ入れ、偶々書架の本の間に隠れていた酒瓶を見つけ出してもてなしたが、酒精の力は恐ろしく夕刻になっても話は尽きず、反対に酒瓶のほうが尽きて空になり、いっそ大阪に出ましょうということになって天王寺界隈の居酒屋に席を移してさらに呑み続け、話し続けたが、すでに酔眼朦朧たる当方をよそに、相手はただ淡々と盃を口に運ぶばかりで一向に酔態を見せることはなかった。

時は移り、昨二〇〇八年、東京で開催されたさる学会の会場でかの人と再会し、親しく言葉を交わす機会があった。その折、昔の天王寺の居酒屋での話の続きのつもりで（このときはお互いお酒は一滴も入っていなかったのだが）、本書のような構想があることを思い切って告げ、本にしてくれませんかと切り出すと、考えてみましょうと、かの人は言ってくれた。それがやっと具体化したのが本書である。かの人とは、白水社編集部の堀田真さんである。天王寺のあの日以来、堀田さんとは盃を交わすことはいまだにないのだが、漏れ聞くところによるとその豪腕ぶりはいささかも衰えを見せていないらしいので、すでにその能力が衰微の極に達しているわたしとしては、この次にお会いしたときにご一緒したいような、したくないような複雑な気持ちである。

それはともかく、本書はその堀田さんのご好意とご尽力のおかげで世に出ることになった。有難いことである。堀田さんに原稿をお渡しするまでにも、援けていただいた方々がいる。佐藤文彦君には全原稿に目を通してもらい、校正作業もお願いした。また草稿の浄書段階では、長谷川健一、木戸紗織、広瀬ゆう子の諸君の手を煩わした。ここに記して深謝の意を表したい。

二〇〇九年九月九日

神戸　魚崎　　丹下和彦

残存ギリシア悲劇作品（全33篇）リスト

作家名	作品名	上演年代	競演成績
アイスキュロス 前525～456年	ペルシア人	前472年	優勝
	テバイ攻めの七将	前467年	優勝
	救いを求める女たち	前463年	優勝
	縛られたプロメテウス	不詳	不詳
	〈オレステイア三部作〉	前458年	優勝
	アガメムノン		
	供養する女たち（コエポロイ）		
	慈しみの女神たち（エウメニデス）		
ソポクレス 前496～406年	アイアス	不詳	不詳
	アンティゴネ	前442年	優勝
	トラキスの女たち	不詳	不詳
	オイディプス王	不詳	不詳
	エレクトラ	不詳	不詳
	ピロクテテス	前409年	優勝
	コロノスのオイディプス	前401年	不詳
エウリピデス 前480頃～406年	アルケスティス	前438年	2等
	メデイア	前431年	3等
	ヘラクレスの子供たち	不詳	不詳
	ヒッポリュトス	前428年	優勝
	アンドロマケ	不詳	不詳
	ヘカベ	不詳	不詳
	救いを求める女たち	不詳	不詳
	ヘラクレス	不詳	不詳
	イオン	不詳	不詳
	トロイアの女たち	前415年	2等
	エレクトラ	不詳	不詳
	タウリケのイピゲネイア	不詳	不詳
	ヘレネ	前412年	不詳
	フェニキアの女たち	不詳	不詳
	オレステス	前408年	不詳
	バッコスの信女	前405年	不詳
	アウリスのイピゲネイア	前405年	不詳
	レソス	不詳	不詳
	キュクロプス	不詳	不詳

関連系図

【タンタロスの一族】

（第一、四、五、六、七、九章）

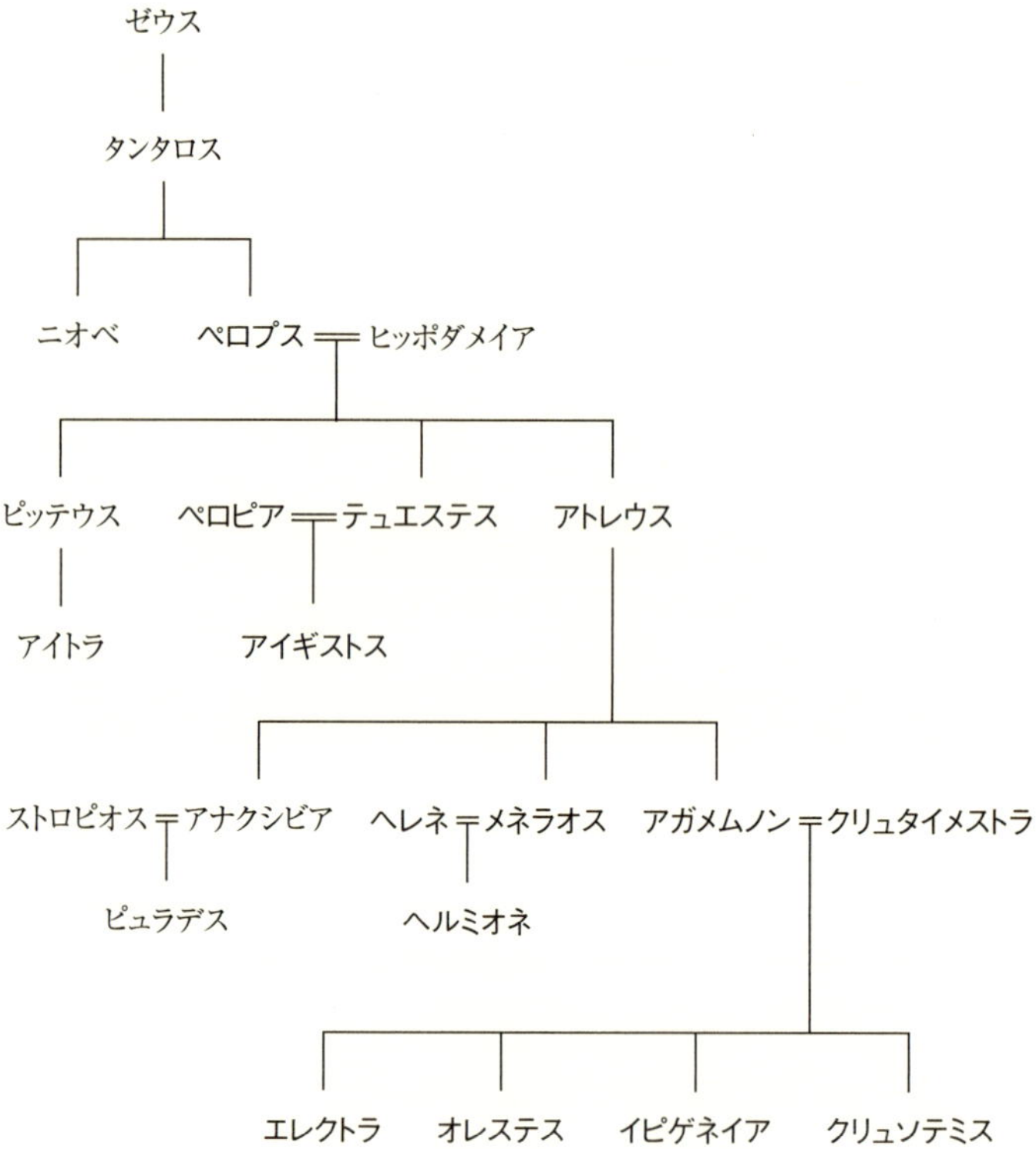

【テバイ王家】
（第二、六、八章）

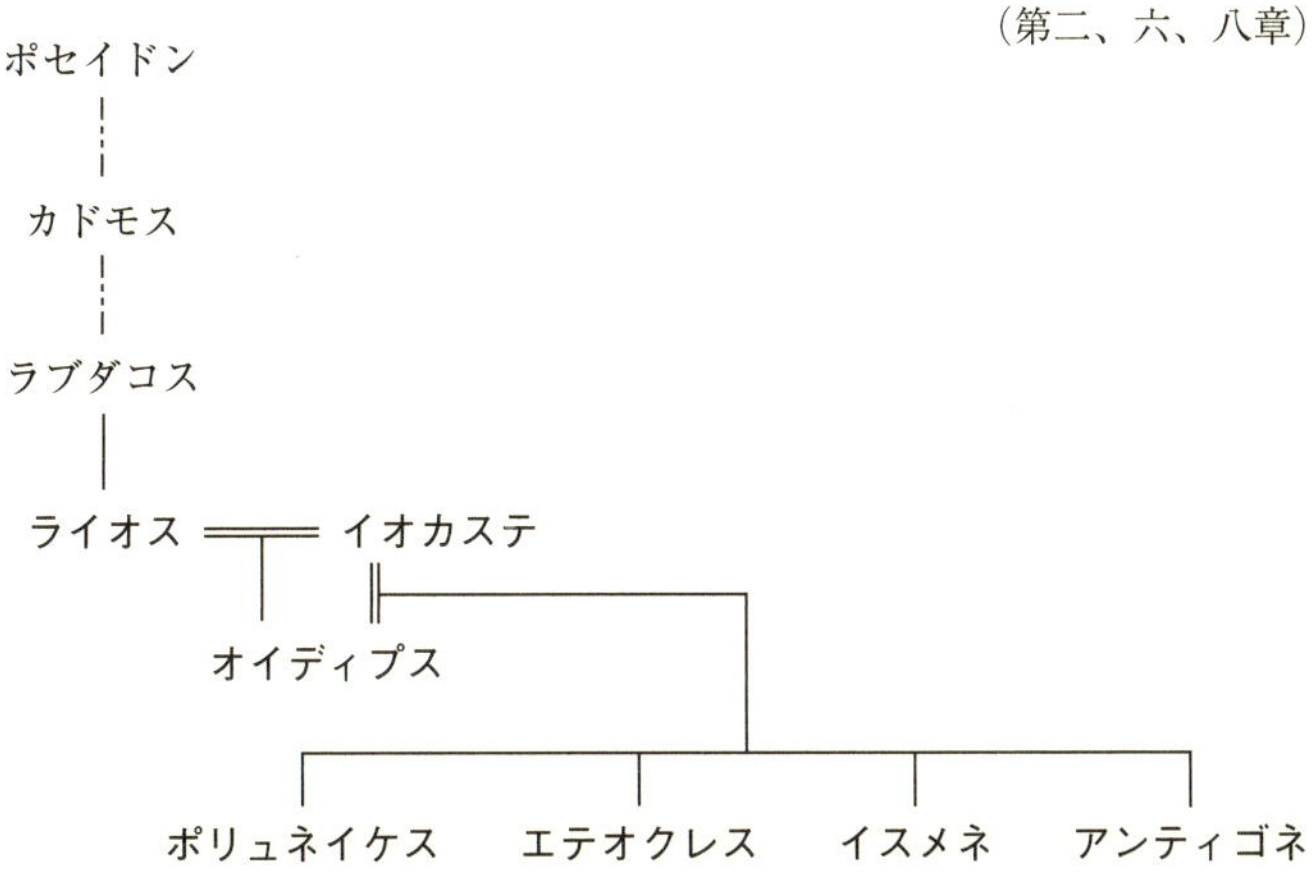

【アテナイ王家】
（第二、三、四、十章）

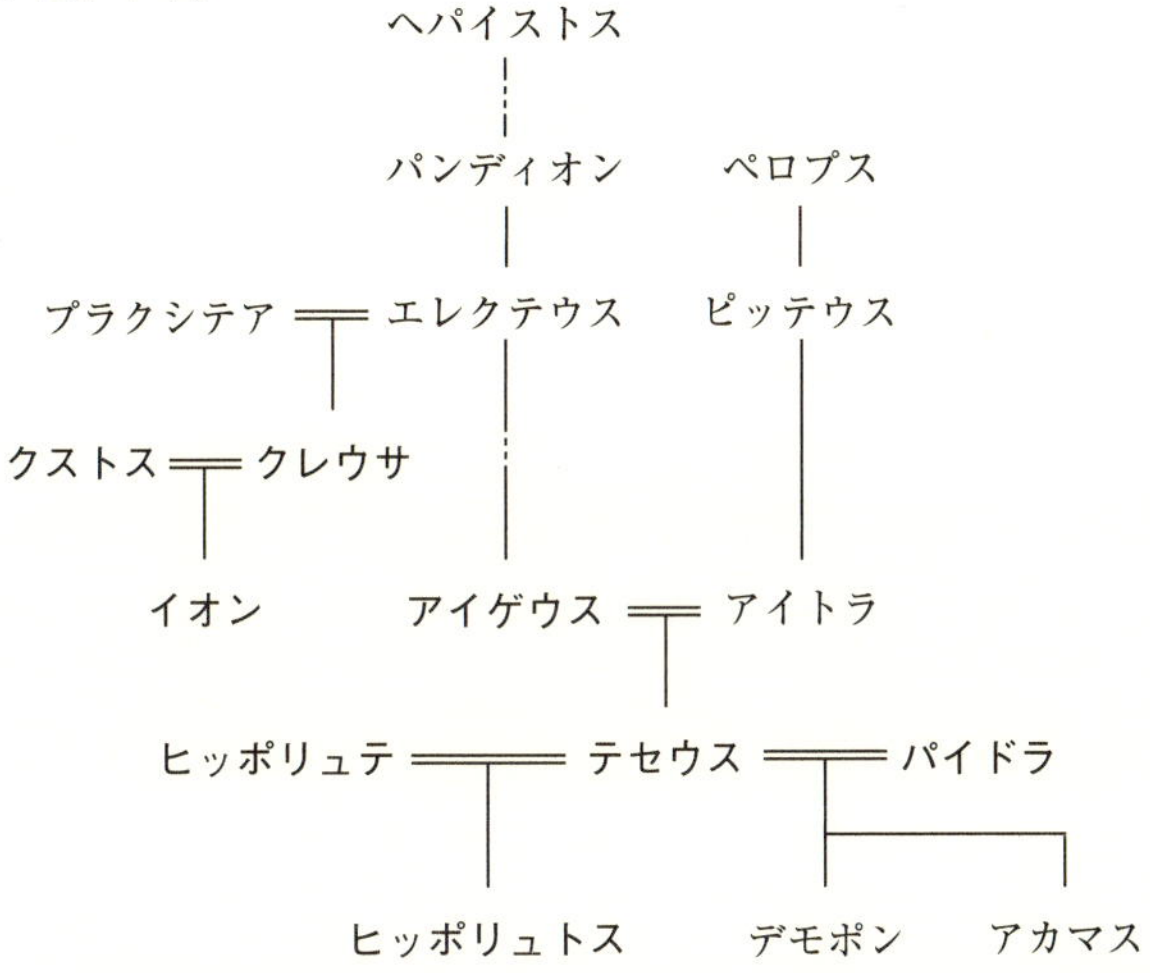

【スパルタ王家】
（第五、六、七章）

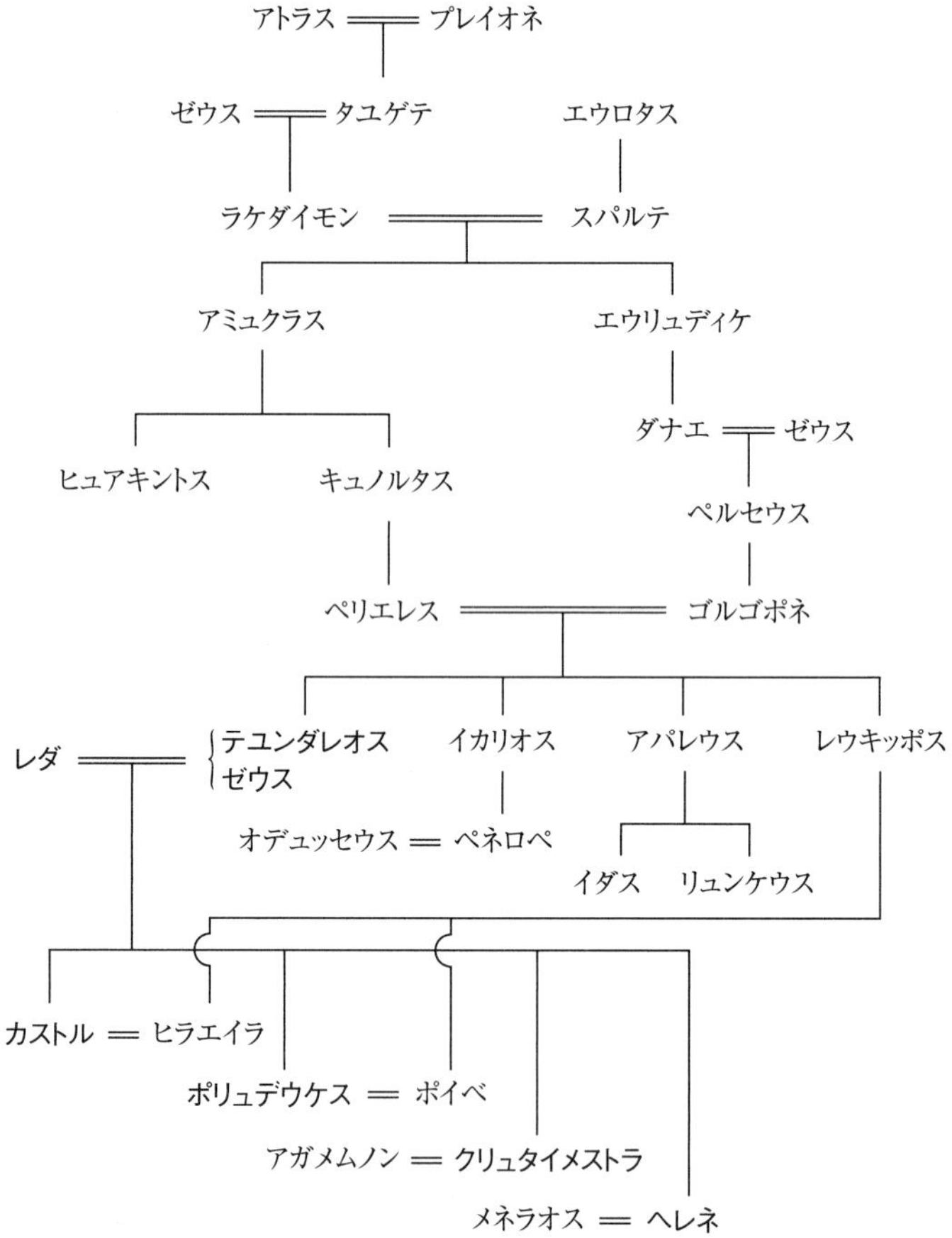
アトラス
プレイオネ
ゼウス
タユゲテ
エウロタス
ラケダイモン
スパルテ
アミュクラス
エウリュディケ
ヒュアキントス
キュノルタス
ダナエ
ゼウス
ペルセウス
ペリエレス
ゴルゴポネ
レダ
テュンダレオス
ゼウス
イカリオス
アパレウス
レウキッポス
オデュッセウス
ペネロペ
イダス
リュンケウス
カストル
ヒラエイラ
ポリュデウケス
ポイベ
アガメムノン
クリュタイメストラ
メネラオス
ヘレネ

【オケアノスの一族】
（第二、五、六章）

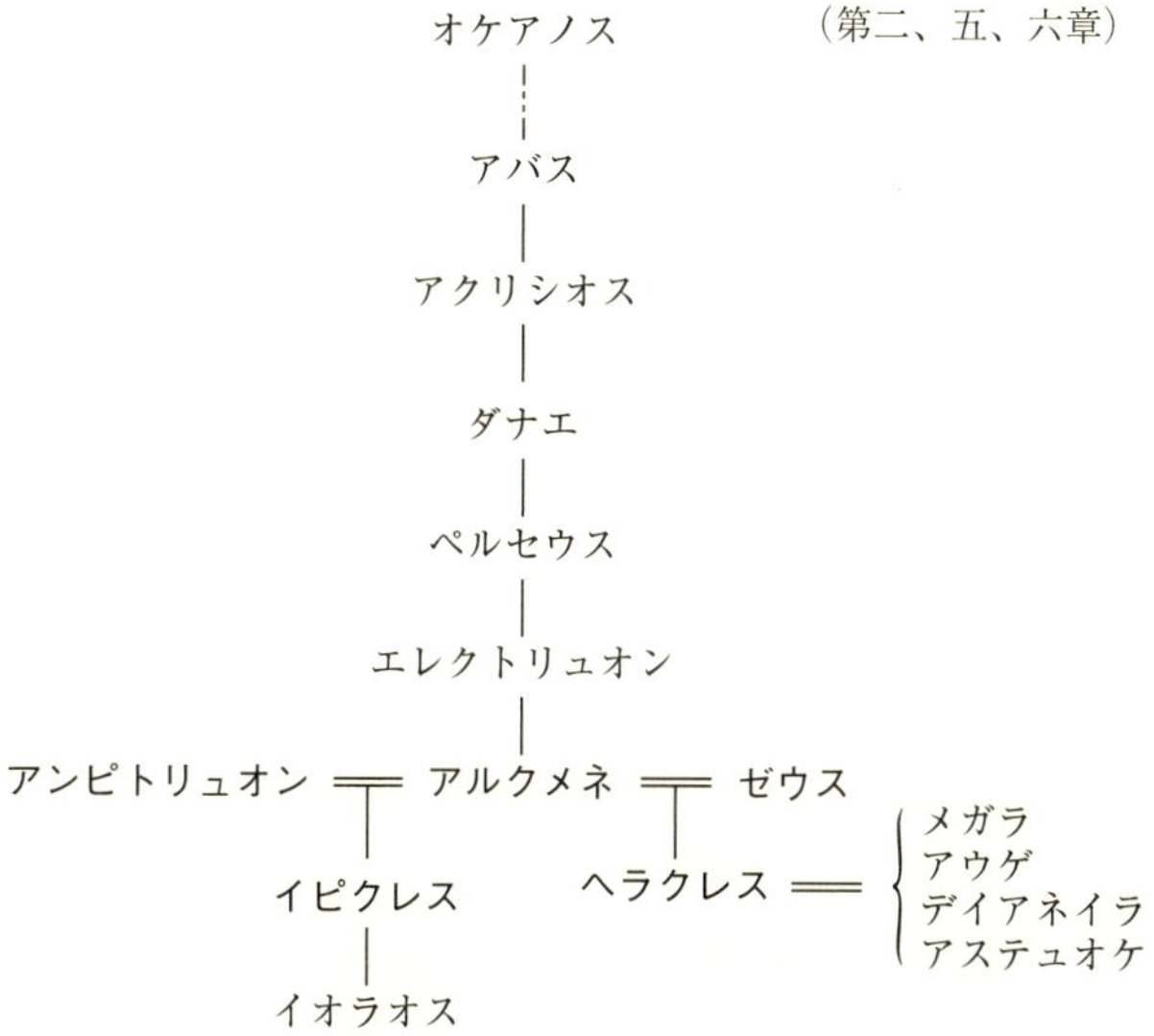

【アイオロスの一族】
（第二、六、十章）

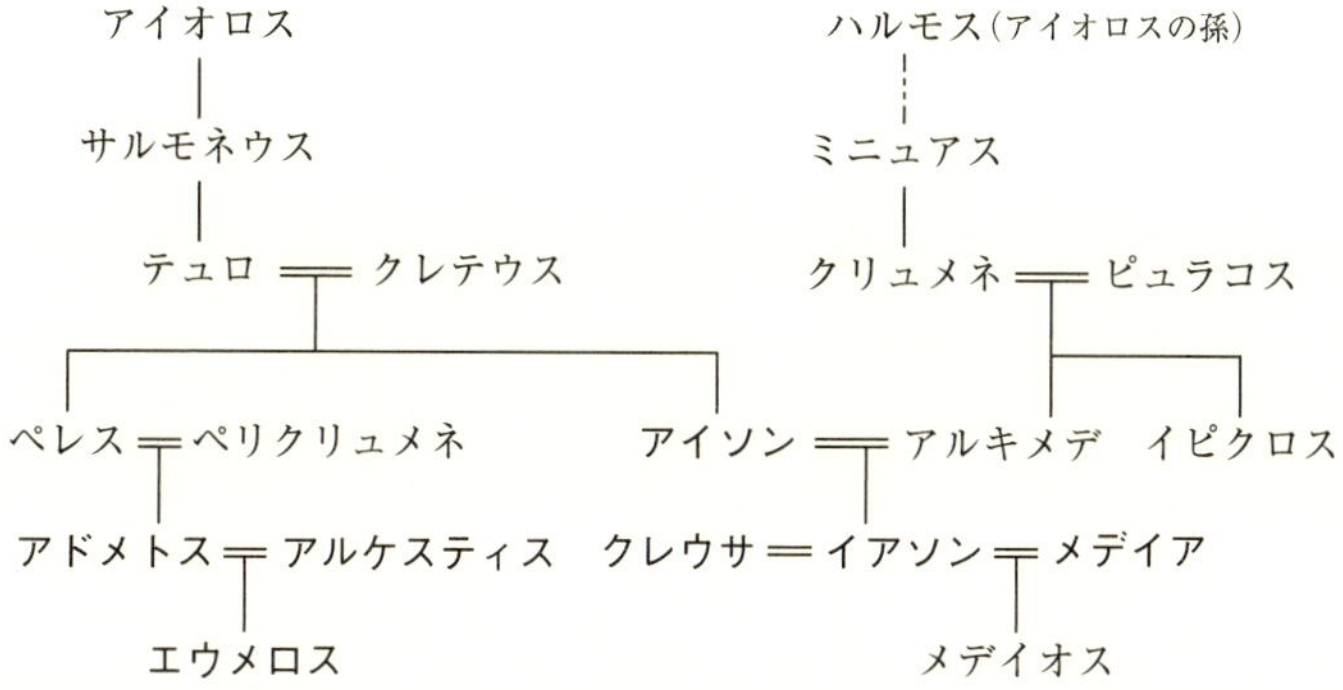

ギリシア悲劇関連用語一覧

アゴラ　古代ギリシアの市の中心広場。アテナイ（アテネ）にはアクロポリスの北側に今もその跡が残る。アテナイではディオニュソス劇場ができる以前の前六世紀末、悲劇の競演会はアゴラに設けられた仮設スタンドを観客席とし、その前で行なわれた。

アゴン　「争い」の意。ギリシア悲劇では、劇中二人の登場人物によって行われる論争、およびその論争の場を言う。

アナグノリシス　「認知」を意味する。ギリシア悲劇で』は、長期間離れ離れになっていた親子、兄弟姉妹、夫婦が再会して、互いの身元を再認識することを言う。

アンゲロス　「使者」の意。ギリシア悲劇の劇場は舞台が固定されているため場面転換ができず、舞台以外や他の場所で起きた出来事は、もっぱら使者の口上によって知らされた。近代語のエンジェル（天使）はこの語に由来する。（→エクサンゲロス）

アンティストロペ　合唱隊の合唱歌の連（スタンザ）の一つで、「対旋舞歌」の意。ストロペ（旋舞歌）に対抗して舞い歌われる部分を言う。（→ストロペ、エポドス）。

アンティラベ（複数形アンティラバイ）「半行対話」あるいは「割ぜりふ」。一行を二人ないし三人の話者に割り振って話させる形式を言う。

エクキュクレマ　「せり出し」のこと。舞台奥の建物（スケネ。神殿や王宮に使用される）内で起きたことを観客の目に曝すための装置。車輪が付いた台車を引き出すものや、回転式のドアを用いたものが想定されている。エウリピデスの『ヒッポリュトス』で、恋の病に病み衰えたパイドラが寝床に伏す姿を観客に見せるため、寝台を引き出す場面があるが、このときこれが使用されたと想定される。

エクサンゲロス　「使者」の意。アンゲロスと同じく舞台上以外で起きた出来事を報告する役柄であるが、こちらは館や神殿などの屋内（舞台奥の建物スケネ内）で起きた出来事を報告する使者を指す。（↓アンゲロス）。

エクソドス　「退場」の意。通常、劇の最終場面を言う。

エペイソディオン　「挿入的に付加されたもの」の意。近代語のエピソードはこれに由来する。ギリシア悲劇では、舞台上で俳優が語り所作をする劇の構成部分を言う。一篇の劇は四つのエペイソディオンで構成されるのが通例である。近代劇の幕あるいは場がこれに相当する。

エポドス　合唱隊の合唱歌の一部分。甲乙二手に分かれていた合唱隊がスタシモン（合唱隊の歌舞が展開される劇の構成部分）の最後で合流し、一緒に舞い納め、歌い納める結びの歌。（↓ストロペ、アンティストロペ）。

オルケストラ　舞台前方、観客席とのあいだの平土間。最初は直径二六メートルほどの円形であったが、下ってローマ時代には半円形になった。合唱隊は、劇の初めに入場して来たあとは劇が終了するまでここに居続けて、幕間に短い歌舞を提供した。近代語のオーケストラはこの語に由来する（↓スタシモン）。

カタルシス　元来この語は医学的な「瀉出」と宗教的な「浄め」の意に用いられる。アリストテレスは、悲劇を「あわれみとおそれを通じて、そのような感情の浄化（カタルシス）を達成するもの」と定義しているが、ここに言われている浄化（カタルシス）がそのいずれであるのか、つまり瀉出（除去）によってなされるものか、それとも倫理的に高めることによってなされるものか、断定されない。

仮面　ギリシア悲劇は仮面劇だった。老年、壮年、青年、また乙女、婦人、老婆、奴隷（召使）など、役柄に応じた仮面があった。一作品三人までと限定されていた俳優は、これらの仮面を付け替えることによって多数の登場人物の役をこなした。ギリシア語では、仮面も顔もプロソポンと言う。

コポン・プロソポン　せりふなしのもの言わぬ俳優。いわゆる「だんまり」。ギリシア悲劇では一篇を上演するのに俳優は三人しか使えなかった。それゆえどうしても四人目の俳優を必要とする場合はせりふなしの俳優を使用した。これがコポン・プロソポンである。

コトルノス　舞台上で俳優が着用した半長靴。

コレゴス　文字どおりには合唱隊のリーダーのことを言うが、転じて合唱隊全体を統括するマネージャー的存在を指した。具体的には、結成に必要な諸費用（衣装代、トレーニング代、合唱隊および合唱隊の教師への手当など）を負担する者のことである。毎年有力市民の中から選抜された。

合唱隊（コロス）　ギリシア悲劇特有の歌舞集団。最初の頃は一二人、最終的には一五人で構成された。舞台前面の平土間オルケストラにいて、幕間に短い歌舞を提供した。その長は舞台上の俳優とせりふのやりとりをすることも多々あった。近代語のコーラスはこの語（コロス）に由来する。

コンモス「嘆きの歌」。すなわち舞台上で俳優が嘆きのたけを朗唱するその歌およびその場面を言う。

サテュロス劇　山野の精で想像上の生き物であるサテュロス（山羊の蹄と角を有する若者）が合唱隊（コロス）を務め、卑猥な言動で笑いをとる短い笑劇。悲劇の競演は、最終審査に残った三人の作家が一人一日四作ずつ三日間にわたって上演し、優劣を競ったが、サテュロス劇はその一日の上演の最後、四番目に上演されるのが通例だった。悲劇を三篇見たあとの重苦しい雰囲気を振り払う口直し劇的なものでもあったか、と考えられる。

神託　古代のギリシア人は、政治軍事上の問題から個人的な事情に至るまで公私において神意を測り、それによって行動しようとする意識が高かった。予言者と呼ばれる人間がさまざまな占いの術で神意を読み取る場合もあったし、また特定の場所で神意を受託する場合もあった。前者ではテイレシアスが、後者ではドドナのゼウスの神託所とデルポイのアポロンの神託所が有名である。

スケネ　舞台背後の建物で、楽屋に使用された。元の意味はテント、あるいは仮小屋。上演環境がまだ整わない初期の頃は、テントや簡素な小屋掛けが楽屋代わりに使われた。その名残が名称として残ったもの。

スタシモン　劇の構成部分の一つ。各エペイソディオン（舞台上で俳優が所作をする部分）間の、いわば幕間にオルケストラで合唱隊が舞い歌う部分を言う。一篇に四つあるのが通例である。

スティコミュティア　一行対話。すなわち、舞台上で二人の俳優が一行ずつ掛け合いでせりふを交わすこと。スピーディで緊迫した雰囲気を醸し出すのに効果がある。

ストロペ　合唱隊が歌う合唱歌の連（スタンザ）の一つ。合唱隊の合唱歌はおおむね三部分に分かれるが、その最初の部分。すなわち甲乙二手に分かれた合唱隊のうち、まず甲が旋回しつつ舞い歌う連（スタンザ）がストロペ。これに対抗して乙が旋舞する部分がアンティストロペ。そして最後に甲乙合流して一緒に舞い歌う部分がエポドスである（↓アンティストロペ、エポドス）。

テアトロン　劇場の観客席のこと。近代語で劇場を表わすシアター（英）、テアーター（独）、テアートル（仏）はこの語に由来する。

ディオニュシア祭　酒神ディオニュソスを祀る祝祭。古典期のアテナイでは、大（あるいは市の）ディオニュシア祭、小（あるいは田舎の）ディオニュシア祭、レナイア祭、アンテステリア祭と、年四回開催された。現行暦の三月下旬から四月上旬にかけて開催された大ディオニュシア祭で、悲劇の競演が行われた。

ディオニュソス劇場　前五〇〇年前後の頃、アテナイのアクロポリス東南麓のディオニュソス神殿の神域に設置された野外劇場。ここで毎年悲劇の競演会が開かれた。最初は木造であったが、漸次石造化され、前四世紀末には完全に石造となった。その頃の収容人数は約一万四〇〇〇～一万七〇〇〇人とされる。現存の遺跡はローマ時代に何回か改築されたものの名残である。

ディテュランボス　酒神ディオニュソスの事績を寿ぐ讃歌。悲劇の淵源をなすものと考えられているもので、これにギリシア各地の英雄伝説が加わってのちの悲劇に発展したとされる。悲劇とは別に、前五世紀でも単独で作られ、競演会で歌われた。

デウス・エクス・マキナ　ラテン語で「機械仕掛けの神」を意味する作劇技法の一つ。劇の末尾で筋の展開が膠着状態に陥ったとき、文字どおりクレーンを用いて舞台上方のテオロゲイオン（神が語る場所の意）に姿を現す神、およびその出現によって膠着状態を打開し解決する機能を言う。エウリピデスが多用した。

テオロゲイオン　「神が語る場所」の意。スケネ（楽屋の建物）の屋上に設置されていた。劇に登場する神は（デウス・エクス・マキナでクレーンによって登場する神は別として）、ここに現われたと思われる。

テュケー　必然的な運命ではなく、偶然的な運あるいはめぐり合わせを指して言う言葉、またはその概念。

取り違え（クイ・プロ・クオ）　喜劇の典型的手法の一つ。相似する二人の人物を周囲の人間が取り違えることで起こる騒動を描くもの。

トラゴディア　「悲劇」を意味する近代語（英、仏トラジェディ、独トラゲーディエ）の元になったギリシア語で、〝山羊の歌〟を意味する。しかしなぜこの語がギリシア悲劇と結び付くようになったのかは不明。山羊を犠牲とする祭事から始まったから、あるいは山羊が上演の賞品であったからなど、諸説ある（ディテュランボスの項を参照）。

ドラマ　「行為」、「所作」を意味するギリシア語。アリストテレスによれば、ドラマ（劇）は、登場人物が舞台上で物語を所作によって行為、実行（ドラーン）するゆえに、その再現された行為全体すなわち劇形式がドラマと呼ばれる。

俳優　ギリシア語ではヒュポクリテスと言う。合唱隊（コロス）と違って舞台上でせりふを喋り所作をする者である。一篇の劇は必ず三人の俳優によって上演され、登場人物が三人以上であれば、一人の俳優が複数の役を兼ねてこれをこなした。どうしても四人目の俳優が必要なときは「だんまり」を使用した。なぜ四人以上の俳優を使用しなかったのか、理由は不明である。前四四九年以降は最優秀俳優のコンテストも始まり、名優も輩出したが、彼らは国家の顔として、外交使節団に加えられることもあった。

パロドス　合唱隊（コロス）入場歌。合唱隊は観客席から向かって右手の進入路から歌いつつ入場行進し、オルケストラに入って整列し、歌い納める。この進入路もパロドスと言う。

ヒュポテシス　劇の各作品に後代の学者、研究者が付けた短い粗筋。「古伝梗概」と訳される。作品内容を手っ取り早く知りたい学生等読者のためとか、あるいは書籍取引業者の便宜を図るためと説明されたりもするが、真偽のほどは不明である。

プロスケニオン　劇場の一部所。スケネ（楽屋の建物）の前方部分、いわゆる舞台のこと。ただし前五世紀の悲劇全盛時代でも、まだ段差の低い、奥行きの短い木製のプラットフォームに過ぎず、石造りの本格的なものになったのは、前四世紀後半から末の頃のことである。

プロロゴス　劇冒頭の導入部。序詞あるいは前口上。ふつう登場人物の一人がこれを述べるが、エウリピデスはここによく神を登場させ、筋の展開を予告させた。近代語のプロローグはこの語に由来する。

ペリペテイア　「逆転」の意。ギリシア悲劇では、劇の筋がそれまでとは反対の方向に転じる行為の転換を意味する。この逆転は、登場人物同士の認知（アナグノリシス）のあとに起きるのがふつうである。アリストテレスは、このペリペテイアをアナグノリシスとともに、劇を構成する重要な要因としている。（↓アナグノリシス）

ミメシス　「模倣」、「再現」の意。アリストテレスは、「一定の大きさをそなえ、完結した高貴な行為を模倣して再現したもの（ミメシス）」が悲劇であるとした。

モノディア　舞台上で朗唱される俳優の独唱歌。近代語のモノディはこれに由来する。

メカネ　クレーン（起重機）のこと。舞台装置の一つで、デウス・エクス・マキナの場でこれが用いられたと想定される。メカネ（ギリシア語）、マキナ（ラテン語）いずれも機械（マシン）の意。（↓デウス・エクス・マキナ）

予言者　占いの術によって神意を伺う者の意で、たとえば鳥の飛翔の様子や犠牲獣の臓物の様態を子細に観察することによって、それを読み解いた。ホメロスの叙事詩に登場するカルカス、悲劇に登場するテイレシアスがとりわけ著名である。

レナイア祭　酒神ディオニュソスを祀る祭儀の一つで、冬期の一〜二月に催された。前五世紀半ば以降、ここで喜劇の競演会が行われるようになった。（→ディオニュシア祭）

ロマンス劇　浪漫性と煽情性、スリルとサスペンスに満ちた娯楽的傾向の強い劇。エウリピデスの後期作品に多い。

＊本項は拙著『ギリシア悲劇』（中公新書、二〇〇八年）に記載したものに若干の加筆訂正を施したものである。

参考文献

1. Bieber, M., *The History of the Greek and Roman Theater*, Princeton, 1971(1939)
2. Bollack, J., *L'Oedipe roi de Sophocle, Le texte et ses interprétations*, Lille, 1990
3. Burnett, A. P., *Catastrophe Survived*, Oxford, 1973（1971）
4. Conacher, D. J., *Euripides Alcestis*, Warminster, 1988
5. Clark, W.G., Notes on some corrupt and obscure passages in the Helena of Euripides, *Journal of Classical and Sacred Philology* 4（1858）
6. Diller, H., Umwelt und Masse als dramatische Faktoren bei Euripides, In;*Euripide*, Entretiens sur L'Antiquité Classique, Tome VI, Genève, 1958
7. Erbse, H., *Studien zum Prolog der euripideischen Tragödie*, Berlin, 1984
8. Errandonea, I., *Sófocles y la personalidad de sus coros* – *Esutudio de dramatica constructiva*, Madrid, 1970
9. Lucas, D.W., *Aristotle Poetics*, Oxford, 1972(1968)
10. Miola, R.S., *Shakespeare and Classical Comedy, The Influence of Plautus and Terence*, Oxford,2001(1994)
11. Ortega y Gasset, J., *Meditaciónes del Quijote, Ideas sobre la Novela*, Madrid, 1964
12. Rose, H.J., *A Commentary on the Surviving Plays of Aeschylus*, Amsterdam, 1958
13. Salingar, L., *Shakespeare and the Tradition of Comedy*, Cambridge, 1974
14. Schrader, H., Zur Würdigung des dues ex machina der griechischen Tragödie, *Rheinisches Museum*, N.F.22(1867), 23(1868)
15. Solmsen, F., *Electra and Orestes, Three Recognitions in Greek Tragedy*, Amsterdam, 1967
16. Spira, A., *Untersuchungen zum Deus ex machina bei Sophokles und Euripides*, Kallmünz, 1960
17. Taplin, O., *Greek Tragedy in Action*, Methuen, 1985
18. ———, *The Stagecraft of Aeschylus*, Oxford, 1977
19. Vögler, A., *Vergleichende Studien zur sophokleischen und euripideischen Elektra*, Heidelberg, 1967

20. アリストテレス（松本仁助・岡道男訳）『詩学』(「アリストテレース『詩学』ホラーティウス『詩論』」岩波文庫，1997年所収)
21. 川島重成「『オイディプース王』を読む」講談社学術文庫，1996年
22. ―――「アポロンの光と闇のもとに――ギリシア悲劇『オイディプス王』解釈」三陸書房，2004年
23. 中村善也『「悲劇」の終わりの「神」』(『ギリシア悲劇研究』岩波書店，1987年，所収)
24. オルテガ・イ・ガセー（A・マタイス／佐々木孝共訳）『ドン・キホーテに関する思索』現代思潮社，1968年
25. タプリン（岩谷智・太田耕人訳）『ギリシア悲劇を上演する』リブロポート，1991年
26. 丹下和彦『ギリシア悲劇――人間の深奥を見る』中公新書，2008年
27. ―――『ギリシア悲劇研究序説』東海大学出版会，1996年
28. ―――『上演形式，劇場，扮装，仮面』(『ギリシア悲劇全集別巻』岩波書店，1992年，所収)
29. ―――『笑いの系譜』(『ギリシア喜劇全集別巻』岩波書店，2008年，所収)

著者紹介
一九四二年岡山県生まれ。京都大学文学部卒業。同大学院文学研究科言語学専攻修士課程修了。和歌山県立医科大学、大阪市立大学を経て現在、関西外国語大学教授。京都大学博士（文学）。
著書『ギリシア悲劇研究序説』（東海大学出版会）
『女たちのロマネスク』（東海大学出版会）
『ライン河』（晃洋書房）
『旅の地中海』（京都大学学術出版会）
『ギリシア悲劇』（中公新書）
訳書『ギリシア悲劇全集』第五、六巻（共訳　岩波書店）
『カイレアスとカッリロエ』（国文社）
『ギリシア合唱抒情詩集』（京都大学学術出版会）
『ギリシア喜劇全集』第三巻（共訳　岩波書店）
ほか

ギリシア悲劇ノート

二〇〇九年一〇月　五日　印刷
二〇〇九年一〇月三〇日　発行

著　者 ©　丹《たん》下《げ》和《かず》彦《ひこ》
発行者　川村雅之
印刷所　株式会社三陽社
発行所　株式会社白水社

東京都千代田区神田小川町三の二四
電話　営業部〇三（三二九一）七八一一
　　　編集部〇三（三二九一）七八二一
振替　〇〇一九〇-五-三三二二八
郵便番号　一〇一-〇〇五二
http://www.hakusuisha.co.jp
乱丁・落丁本は、送料小社負担にてお取り替えいたします。

松岳社 株式会社 青木製本所

ISBN978-4-560-08028-3

Printed in Japan

■ポール・カートリッジ　橋場 弦訳
古代ギリシア人
——自己と他者の肖像

西欧文明の源流というべきギリシア文明を担った人々が、どのような民族であったかを、彼らが自らのアイデンティティをどのように認識していたかを検証することによって解きあかす。

■ヴァレリオ・マッシモ・マンフレディ　草皆伸子訳
アクロポリス
——友に語るアテナイの歴史

作家で、古代地誌学者である著者が、年老いた友に語る古代アテネの歴史物語。親しみやすいエピソードをちりばめ、美術、演劇、哲学、戦争、そして政治状況をわかりやすく解説する。

■エーミール・ルートヴィヒ　秋山英夫訳
シュリーマン
——トロイア発掘者の生涯

ドイツの片田舎に生まれ逆境に屈せず、巨万の富を得て、夢だったホメロス時代の遺跡《トロイア》発掘の大事業を成し遂げたシュリーマンの生涯を、名伝記作家がまとめた胸躍る傑作。

■アントニー・エヴァリット　髙田康成訳
キケロ
——もうひとつのローマ史

古代ローマ最大の弁論家にして政治家・哲学者であったキケロ。共和政ローマの理念に殉じ、後世に多大な影響を及ぼした才人を、鮮やかな筆致で生き生きと描き出した評伝の決定版。

■ピーター・ガーンジィ　松本宣郎、阪本 浩訳
古代ギリシア・ローマの飢饉と食糧供給

人類にとって最も切実な食糧問題に対し、古代の人々はいかに対処していたか。多くの史料と近代のデータを応用し、古代の飢饉の実態と食糧供給のメカニズムを解明する。